어느 도시 거주자의 몰락

어느 도시 거주자의 몰락

주종환 시집

문학동네

주진권 先生님과 홍정숙 女士님께 이 첫 시집을 바칩니다.

自序

이 시대는 모든 시인들을 삼류 시인으로 만들어
철저하게 무력화시키고 있다
장담하지만, 랭보가 이 20세기 후반을 살았다면
삼류 시인이 되었을 것이다
나는, 山頂에서 삭풍을 맞으며
일류 시인이 되는 길을 한참 미루고
슈퍼모델들의 정치적 각선미에 수작을 부리는
삼류 시인의 길을 택했다

나는 명상 수련중에 〈빛의 벼락〉에 맞은 적이 있고
그 빛과 이 세계의 이원성, 그 소통불능의 괴리감으로
몇 년 동안 폐인처럼 지낸 적이 있다
그 빛의 사회화가 불가능한 이 세계,
이 문명의 캄캄한 벽장 속으로 스스로 들어가서
나는 그 어둠과 싸우기로 결심했다
황홀경에 절어 사는 육체가 노동의 고달픔을 피해 살듯이
나는 빛의 벼락에 반쯤 타버린 나의 육체를
이 세상 물정에 길들이느라 청춘의 기운을 다 소진시켰다
단 하나, 시의 더듬이만 남겨두고.

내가 아는 한, 문학의 본질은
진리에 대한 〈인간적인 위증〉에 있다……

1997년 6월
주종환

차 례

失足

사막 위에 찍혀 있는
사람 발자국과 짐승 발자국.

어느 발자국을 따가야
살 수 있겠는가.

幼年, 상처의 시작

세상에는 뾰족한 가시라는 게 무수히 자라 있었다.
내가 우연히도 그 가시에 찔리기 전에는,
세상은 여전히 엷고 부드러운 빛으로 둘러싸인
단잠의 그늘, 어머니의 환한 젖가슴으로부터 방사된
따뜻하고도 둥근 불안의 나라였다.

어느 날, 나의 그 둥근 불안은
날카로운 가시에 찔려 피를 흘렸다.
피가 멎자, 가려웠다. 나는 가려움을 긁기 시작했다.
생채기가 넓어졌다. 그 위에 딱지가 앉았다.
나는 상처의 조직을 보고 싶어 딱지를 떼었다.
상처가 깊이 패었다. 나는 고약을 붙였다.
살이 퉁퉁 부어올랐다. 나는 고름을 짰다.
고약을 다시 붙였다. 상처는 신기하게 아물었다.
한번 살살 문질러보았다. 무감각한 맨살이었다.

나는 고통 속에 내재된 가려움이라는 독을
어렴풋이 실감했고, 생동하는 상처의 깊은 맛을 알았다.
나는 더이상 상처 없이는 살아갈 수 없게 되었다.
내가 살아 있다는 걸 처음으로 깨우친 감각,

그것은 고통이었다.
나 혼자서 처음으로 나 자신을 지켜보던 때였다.

세상 사람들은 아프지 않는 사람을 시기하든가,
아니면 미워하는 듯했다.
아이들은 천 번이나 만 번쯤은 울어야만
어른들의 언어를 이해하기 시작했다.
아픈 몸으로부터 시작된 낯선 방언의 나라에서
내가 목청껏 울 때에만 나에게 달려온 어머니,
상처투성이의 세상 그것이었다.

더러운 실내

파리 한 마리가 빠져 죽은 우윳잔을
한 남자 아이가 멋모르고 죽 들이켠 후,
고양이가 방석 위에 몸을 웅크리듯,
우울과 의기소침, 답답하고도 나른한 느낌에 젖은 채
소파에 엎드려, 실눈을 게슴츠레 뜨고 거실 내벽에
압핀으로 붙여놓은 星圖를 응시한다
세계의 신비를 그렇게 조잡한 그림 지도 한 장으로
멋모르는 아이들에게 얼렁뚱땅 넘기기 좋아하는
어른들을, 아이의 지능은 조금씩 경멸을 보이기 시작했다

텅 빈 집 안에서 혼자 집을 보는 아이는
대체 무엇을 하고 놀아야 하는지?

집 안의 곳곳을 어슬렁어슬렁 돌아다니기도 하고,
마루 위에서 유명가수들 춤도 흉내를 내보고,
벌러덩 드러누워 천장 무늬를 골똘히 쳐다보기도 하며,
물 밖으로 끄집어낸 물고기처럼, 하루종일 자신의
내부 여기저기서 발생한 이상한 열기에 휩싸여,
코피가 터지도록 파닥거려야 속이 시원한 이 아이는,

이제 어른들보다도 더 어른의 세계를 보아버렸노라고
권태에 휩싸인 시간의 공복을 더듬기 시작했다
세계는 어차피 밖에서 안을 훔쳐보는 자의 누설된
밀실에 지나지 않는다는 것쯤 벌써 눈치챈 아이는,
이제 또래 아이들과 어울려 거리를 배회하는 것도 지겨워졌다

그래서 열쇠구멍을 통해 본 부모의 눈꼴 사나운
정사 장면은, 세계의 그 모든 신비에 대해 질문을 퍼붓는
자신에게 병신머저리 같은 대답밖에 할 줄 모르는,
저 어른들의 판에 박히고 시시하기 짝이 없는 사생활,
자신을 먹여 살린다는 그 심각하고도 근엄한 표정
뒤에서 벌여놓은, 이 닭장 같은 소란와 악취의 밤낮들을,
싸구려 여인숙과 식당을 적당히 갖다붙여놓은 듯한 이 집의 구조를,
아이에게 명상케 하기에 충분한 단초를 제공했다

아이의 눈에 비친 어른들은,
모두가 기막힌 연기술로 숙달된 애도자,

상복 한 벌씩 갖춘 문상객, 체면 안 가리는 식충이,
속이 말들의 짚으로만 바스락거리는 巨漢,
소심증 환자, 겁쟁이, 허풍선이, 지독한 방귀쟁이들
그 중에도 아이에게 가장 성공적으로 보이는 어른은
자신보다 더 천진난만하고, 더 생기발랄한 어른들
그 어른들이야말로, 아이에겐 기적이었고 신비였다

그러나 시간이 갈수록 외출할 곳도,
자신과 손발이 척척 맞는 단짝도 없이 기가 죽은 아이는,
벌써부터 엄마, 아빠가 그리워지기 시작한다
창밖의 흐린 대기처럼 풀이 죽은 우울하고도 슬픈 눈매에,
쥐덫에 좀체로 걸리지 않는 약삭빠른 새앙쥐처럼
어디선가, 어디서부턴가 하루를 갉아먹고 있는
벽시계의 아련한 초침 소리에 귀를 기울이면서,
자신이 기다려야 하고 또 기다려야 하는 것은 단지 어른들,
그들의 대화, 그들의 행동, 그들의 퀭한 동공 속에서
어렴풋이 감지되는 그 어른들의 세계뿐이라는 것을,

이제 아이는 안다……
그 막연한 한계가 아이에게 오후의 미련한 졸음을 주사 놓는다
오, 알몸을 들키지 않은 정숙한 어머니……
부드러운 옷감에 감싸여진 어머니의 그 깊고 넓은 알몸이
이제 아이에게는 꿈속에서조차 만져지지 않는 피안이다
아이는 눈가가 축축해지면서 천천히 새우잠이 든다

공터

―아무나 전깃불을 들이댄 그 자가 그 어둠의 임자다.
어둠을 몰라도, 함부로 어둠을 조작할 수 있는 빛이 허용되었고,
어둠의 바탕이, 존재의 本家가 돈독이 오른 더러운 손에
의해 헐값에 거래되고 있다.

낮에는 동네 아이들 간드러지게 노는 소리,
밤에는 온갖 풀벌레들의 울음소리 요란하던 그 공터 위에,
허름한 포장마차가 하나 들어서자,
그 공터에서 놀던 아이들은 다른 동네 야산 같은 곳으로
쫓겨가고, 그 공터 주위를 어슬렁거리던 개들은
딱히 교미 장소를 잃고 뿔뿔이 흩어졌다.
해가 지고 저녁 어스름이 그 공터에 내려앉을 무렵이면,
5촉짜리 전구를 밝힌 포장마차에서는
어김없이 생선 굽는 냄새가 진동했고, 정체를 알 수 없는
젊은 과부댁의 자지러지는 웃음소리가 들려왔으며,
그 동네 남정네들은 집과 처자식을 팽개치고
그 공터 주위를 하릴없이 배회하는 일이 잦았다.
매일 밤, 포장마차 안에서 얼씬거리는 몇몇 그림자들이
그 동네의 밤을 아주 싼 값에 사버리는 것이었다.
그 포장마차는 하루가 다르게 매상고가 치솟았고

포장마차 주인은 값비싼 가요방 기계까지 사들여놓고는
그 동네 딸아이들을 모집해서 술시중을 들게 했다.
변성기에 접어든 남자 아이들이 그 집에서 흘러나오는
유행가를 따라 불렀고, 잘 따라 부르기 위해 술을 배웠다.
그때부터 그 마을에는,
낮보다 밤이 더 환한 이상기후가 휩쓸었고
잠들지 못하는 욕망들이 사라진 개떼를 뒤쫓고 있었다.
어느덧 세월이 흐른 뒤에, 그 포장마차 주인은
그 공터 위에 고급 레스토랑과 카지노 따위를 차렸고
그 동네 상권을 장악한 유지가 되었다.
동네 사람들의 입에서 입으로,
국회의원 선거에 당선되었다는 재미난 소문까지 나돌았다.
개판 오분 전이었다.

시민 $\sqrt{K}$

—오, 우리는 가정이라는 얄팍한 이불로 가린 채,
우리의 상처가 아무렇지도 않은 척 행동했다
셰이머스 히니, 「여름의 집」 중에서

으랏차차 우리는 살아갑니다
살아 있는 줄도 모르고 살아갑니다
걸신들린 욕망의 간판들이 밤낮주야로
도처에서 번쩍거립니다
여기는 어디입니까?
매일 보는 거리, 매일 바뀌는 사람들
뻔한 세간살이가 그저 미로입니다
미로인 줄 알고 헤매이는 그런 미로입니다
인생은 누구에게나 초행길,
오른쪽으로 가라고 해놓고
오른쪽엔 공사중
왼쪽으로 돌아가시오 해놓고
왼쪽으로 돌자마자, 퍽! 아이고 아파라
뭔가 둔탁한 것에 부딪혔는데,
상처의 법적 효력은 없다 하겠습니다
죽지 않은 것만도 다행이지요
불행 중 다행이야말로,
우리네 인생의 유일한 이정표

그 자리에 딱 버티고 설라혀도
사람들이 뒤에서 줄을 서서 기다리니
길은 외길,
뻔한 초상 길인 줄 알면서도
그림자 하나만 믿어봅니다
설마, 그림자가 다치겠느냐
그렇습니다.
세상은 어차피 조물주가 파놓은 거대한 슬럼프
바닥도 없이 빠져드는 슬럼프,
인간은 그 슬럼프 위에 도시를 건설했으니
슬럼프를 알면 獄死
모든 다리가 구름 위에 지은 구름다리라,
구름의 성분을 알면 추락사
이래 죽으나 저래 죽으나 한번 살아봅니다
살다보면 임기응변도 생기고
급하면 꽁지를 뺄 수 있는 요령도 생기는 법
새빨간 거짓말은 새파랗게 웃어주고,
말도 안 되는 허구는 입 꼭 다물고 속아줍니다
경사진 곳에서는 엉거주춤한 자세로,
눈물이 날 때까지 쳐다보고

막힐 때까지 쑤셔넣고, 토할 때까지 마시고
말문이 막힐 때까지 아는 체하고
알면서는 모른 체하고
안 올 줄 알면서 이를 악물고 기다리는
어떤 악의
그렇지 않겠습니까?
약국은 매일 밤 금고처럼 털리고
줄 서 있는 곳에는 무조건 차례를 기다립니다
인사불성이 되도록 살다보면
세상은 너그럽게 한자리 내줍니다
관짝만한 안락을
우리는 모두 그렇게 믿는 척하며 살아갑니다
으랏차차 살아갑니다
성냥갑 속의 성냥알들,
제 화력도 모르고 뉘 집 이쑤시개로 팔려갑니다
근엄한 악어 몸에 기생하는 악어새들
생존을 위해 창공을 버린, 새도 아닌 이상한 조류로
화들짝 살아갑니다
사방은 임자 없는 수평선
이리저리 떠밀리며 부유하는 섬 주민들,

다 알면서도 그렇게 삽니다
으랏차차 눈 질끈 감고 망각의 강을 건너갑니다

도시의 神話

—이 지상에 도시라는 이 자체보다 더 포괄적인 신화는 일찍이 없었다 이 도시는 과거의 그 모든 신화를 부정하는 탈신화의 신화, 이 지상에서 최초로 발가벗겨진 時間이다

—대개 이 사회의 구성원인 개개인들은 원래 있는 사회보다 더 복잡한 무의식, 원래 있는 질서보다 더 무질서한 욕구를 이 사회 속에서 끝끝내 관철하려 하고 있다
이 세상은 그 모든 사람들의 요구 사항, 그 모든 사람들의 이해 관계가 뒤얽힌, 심판할 수 없는 圓卓이 된 것이다
오늘날 이 타락한 원탁의 기사들은 오직 자신만을 위해 이 도시와 싸우고, 이 도시를 저마다의 투쟁 깃발 속에 도구화한다

아아, 지상은 얼마만한 깊이에 매몰되어 있는
만인의 지층인가?
개개인들에게는 이미 완성된 도시들 ;

득죄신화의 완성을 위한
말씀의
죽음

하늘을 완전히 뒤집어엎은
눈먼 白夜의
돔

더이상 생식의 피안을 설계할 수 없는,
영원한 표류자들의
방주

지구를 통째로 삼킬 수 있는
이 지상 유일의
늪

공유되어서는 안 될 것을 공유하고 있는
사탄의
城

기울어진 하늘 처마 끝에 매달린
고드름의
시간

인류의 마지막 공동 이념이 될
그 필사의
도시 이륙說

신화의 상실만큼 이 도시는 이유 없이 광분하리라
아아, 지상은 어디에 있는가?

백화점 왕국

내가 하룻밤 자고 일어난 사이에
매일 보던 앞산이 가려지고
내가 고향에 내려갔다온 사이에
몇 번 정을 통한 여자친구 전화번호가 바뀌고
내가 시 한 편 쓰고 있는 사이에
우리 동네 단골 해장국집이 헐리고
그 자리에 백화점이 하나 들어선다

Mr. Big shot, show me what you got!*

그 백화점 하나가 몇 년 있다가
백화점 별관을 낳고
그 별관이 몇 년도 채 되지 않아
지방 매장을 낳고
그 백화점 왕국이 몇 년 있다가
산을 하나 통째로 깎아 골프장을 만든다
그 골프장이 몇 년 안 있으면
주식회사를 하나 설립할 것이다
증권 브로커들이 어깨춤을 둥실 둥실 춘다

Mr. Big shot, show me what you got!

자본주의 사회에서는 불로소득이 따로 없다
권력이 권력을 낳던 시대가 가고
자본이 자본을 낳는 시대가 왔다
자본이 대통령도 낳고 여왕도 낳고
자본이 국가를 통째로 말아먹는 시대가 왔다
도덕도 윤리도 자본 앞에서는 희희낙락
자본주의는 조물주 앞에 햄릿 머신을 도전자로 앞세운
인류의 엔트로피적 발광이다
사창가 포주들에게 불경기가 있을쏘냐
오빠! 오빠! 이 오빠라는 한마디에
한국 자본주의의 모든 생리가 함축되어 있다
(오빠 뭐해, 빨리 싸!
엄마한테 욕 듣는단 말이야.)

Mr. Big shot, show me what you got!

자본주의는 모든 죄악을 공범으로 만든다
자본주의 사회에서는 그 어떤 죄목으로도 체포할 수 없

는
공화주의적 욕망이 있다
예를 들자면, 2002년 월드컵은 한국에서!
이 자본주의 체제가 무려 2002년까지나…… 으악!
우선 나부터가 자본주의만이 제공할 수 있는
인공위성 라이브 축제에 기가 질려 있다
모든 백성이 잘만 하면 왕노릇 할 수 있는 세상,
누구나 복권에 당첨될 확률이 있다
이론상으로는, 모든 민간인이 대통령 후보이다
돈만 있으면, 진시황제의 세도가 부러울쏘냐
그 아무도 떠나 살 수 없는 자본주의라는 宿主의 몸에
오늘도 몸을 비비고 사는 뭇 중생들,
못 말리는 자본주의의 못 말리는 개인들

Mr. Big shot, show me what you got!

내가 자본주의에 관한 시를 쓰고 있는 동안에도,
자본주의는 나의 시를 확대 재생산하고 있다
자본주의라는 게임의 법칙 안에서는

치고 달리지 않으면, 바로 그 자리에서 아웃이다

* 제목을 밝힐 수 없는 한 포르노의 삽입곡
대충 번역하자면, '대빵 씨, 당신이 가진 걸 내게 보여줘요!'

사람들은 끊임없이 어디론가 가고 있다

몸이 아픈 사람은 약국이나 병원, 요양원으로, 배고픈 사람은 식당이나 시장, 슈퍼마켓으로, 심심한 사람은 비디오 가게나 극장, 만화방으로, 뭘 알고자 하는 사람은 도서관이나 학교, 상담실로, 약속 있는 사람은 공원이나 다방, 술집으로, 직장 있는 사람은 공장이나 회사, 거래처로, 휴가를 받은 사람은 산이나 바다, 드넓은 해외로, 퇴근하는 사람은 집으로, TV 앞으로, 마누라 치마폭으로, 할 일 없이 배회하는 사람은 이 골목 저 골목, 막다른 골목으로, 뭘 팔아야 하는 사람은 이 집 저 집, 아파트 단지로, 누굴 찾아야 하는 사람은 이 도시에서 저 도시, 경찰서로, 볼장을 봐야 속이 풀리는 사람은 이 고비에서 저 고비로, 집에 있는 사람은 이 방에서 저 방으로, 부엌에서 화장실로, 화장실에서 옥상으로, 옥상에서 다시 독방으로, 독방에서 이 책 저 책으로, 책을 덮고 거리로, 거리로 쏟아져 나온 사람들은 나오자마자 귀가길로, 귀가한 사람들은 꿈길로, 비몽사몽간으로, 아침에서 점심, 점심에서 저녁, 저녁에서 한밤중으로, 한밤중에서 새벽으로, 새벽녘에서 황혼으로, 황혼에서 과거로, 과거에서 미래로, 미래에서 영원히 현재화되지 않는 현재진행형으로, 사람들이 뭔가에 쫓기는 듯 쉴 새 없이 어디론가 가고 있다 그러고 보니, 아무 데도 갈 곳 없는 사람들이 제일 분주해 보인다 떠나야 할 길이 있는 사람에게 세상은, 소매 끝을 붙잡고 늘어지는 정든 애인, 바닥이 안 보이는 존재의 미궁, 갈 테면 한번 가봐라, 사방이 미로를 위한 미로, 미로에 입문하는 자나 미로에 갇힌 자나 미로를 통과한 자나 서로 머리카락밖에 안 보이는 미로, 미로가 인간을 생산하는 미로, 한번 정들면 끝장인 미로이다 미로에서 서로 만나면 처음부터 다시 시작해야 하는 미로, 한번 시작된 이상 영원히 철거되지 않는 미로, 미로를 개축하자는 사람과 증축하자는 사람, 미로에서 태어난 사람들이 끊임없이 그 미로를 설계하고 확장하고 있다 담장이 없는 미로는 재미가 없어서 못 살겠다고 이 난리통이다

전망 없는 房

—무기력이 레코드를 올려놓는다, 무기력의 노래들을.
귄터 그라스

전망 없는 방 속에서,
아무것도 하지 않는 행위, AFKN, 캔 맥주,
냉장고 속에 나열되어 있는
소라, 얼음,
인식되지 않는 욕망과 시간,
9시 뉴스가 끝난 저녁, 혼자 있는 독신자
방안에 포탄이 날아와 떨어져도
할말 없는 民間人
사방을 아무리 둘러보아도
거울에 쌓인 땟자국이 그의 年譜
지금 그가 당면한 밤은
그 혼자서는 풀 수 없는 수수께끼
성경과 그람시와 명상서적과 베케트와 사르트르와
랭보와 김수영과 푸코와 이상과 기타 등등
오늘은 어떤 영혼과 밤샘을 하지?
어떤 영혼의 결합을 가지고
DOORS, 바하, JAZZ, 드뷔시, 창부타령
오늘은 어떤 음악으로 외로움을 달래지?

어떤 음악의 여백을 가지고
조디 포스터, EXIT, 부탄가스, 프란체스코,
벌써 11시
이제 자신도 없는 무신론의 장막을 걷고
슬슬 기도에 들 시간.

이른 새벽

신문 배달부가 오토바이를 끌고 신문을 돌린다
쓰레기 차가 우지끈 쾅쾅 한바탕 대란을 피우고 지나간다
소독 차가 약을 뿌리며 지나간다
환경 미화원이 길거리 깡통들과 빈 박스를 치운다
요구르트 아줌마가 요구르트를 돌린다
두부 장수가 방울 소리를 울리며 지나간다
새벽잠 없는 노인들이 집 앞을 쓴다
잠이 덜 깬 주부들이 밥을 안쳐놓고 도로 잠든다
이른 새벽에 들려오는 소리는
무엇이나 감동하던 시절이 있었다
할 일 없이 꼬박 밤샘을 한 새벽,
첫차를 타고 새벽 어시장에 나가본 시절이 있었다
거기, 토막 난 생명들의 토막 난 퍼득거림에서
내 나름대로 생명을 조합하여 귀가하던 시절이었다
그저 새벽녘 지하철 공사로 파헤쳐놓은 도로 가마다
먼지를 뒤집어쓰며 빗자루질을 하는 청소부가
세상에서 가장 고귀하게 보이던 시절이 내게도 있었다
아무 사람에게서나 연민을 느끼고
눈에 보이던 풍경들은 닥치는 대로 비극성을 부여하며

병명도 없이 투병생활 하던 나날들,
부시시하게 잠 깬 얼굴보다 더 부시시하게 맥빠진 얼굴을
매일 새벽 거울을 통해 보던 세월이 있었다
자네는 대체 무엇에 그리 절망하고
무엇에 그리 통곡하는 영혼을 가졌는가?
이런 질문 자체가 아예 부질없던 절망의 시절이었다
그렇듯 거창한 절망들에도 끄떡 안 하던 나에게
요사이 별별 하찮은 절망들이 나를 단박에 꺼꾸러뜨릴 줄을
예전엔 미처 몰랐다(꺼꾸러져 신음하는 자를 러시 아워의 大路 밖으로 질질 끌고 가서, 삶으로부터 영원히 퇴장시키는 이 도시에, 이 도시의 인간 몰이꾼들에 저주 있으라)
절망이 습관성이 돼버린 자에게 희망은 봉봉과자였다
모든 희망들이 몇 번 핥고 나면 빈 막대기였다
그래도 몇 번 더 핥고 싶은 게 희망의 얼얼한 단맛이었다
더이상 그 어떤 희망의 달콤한 유혹에도
침이 고이지 않게 된 영혼,
이 영혼들에게 새벽마다 배달해야 할 것을 찾아내는 것

나도 이제, 나의 절망이 소용 닿는 회사로 출근하고 싶다

멸종의 시간

저 멀리, 뿌연 스모그에 잠겨 있는 도시
무슨 결론 없는 상념에 잠겨 있는지.

멀리, 얽히고 설킨 전신주 사이로
앙상한 바닥을 드러낸 어느 가옥의 옥상에
빨랫줄에 매달려 연신 바람에 대롱거리는
조기 한 마리.
내 삶의 해묵은 近視眼에 포착된,
하나의 역동적인 이미지.

어느 심해에서 건져 올린 활력일까,
얼마나 거친 파도의 살점이었을까.

갑자기, 나는 날렵한 고양이가 되고 싶다,
담과 담 사이를 제맘대로 건너다니는
도둑고양이가 되고 싶다,
무기한으로 유폐된 생명체를 집요하게 건조시키는
이 바람, 이 햇볕, 이 먼지,
이 정지된 죽음 속의 끝도 없는 사색으로부터,
이 쥐구멍 같은 곳에서 쥐죽은 듯이 살아가는

나의 일상으로부터 냉큼 탈출하고 싶다!

살은 자는 살은 자,
공기와 햇빛과 먼지를 먹고 사는
이 푹신푹신한 죽음의 카펫,
그 위에 한잠 늘어지게 자고 있는 내 일생의 그림자.

내 사지를 한 바퀴 도는 피의 상념이
약동하는 변신을 꿈꾼다,
죽음을 할퀴며 덤벼드는 표독스러운 고양이로.

하, 그런데 이 도시에는
늘리고 늘린 쥐들이 고양이를 잡아먹는다,
보이지 않는 쥐들이 보이는 고양이를.
도처에 얼씬거리는 살육의 이미지들, 극에 달한
몸짓과 외침들. 사물이 사물을 번식시키는
가열된 톱니바퀴들 사이를 날뛰는 쥐들.

저것은 누구의 그림자냐.
움직일 수가 없다,

노동과 춤 사이, 사물과 관능 사이,
벽과 비상구 사이, 육체와 그림자 사이,
아무리 움직여도 그 움직임의 주체가 없다!
저것은 도대체 누구의 그림자냐!

멀리, 뿌연 스모그에 잠겨 있는 도시
역전된 먹이사슬을 꿈꾸는 기계의 정글.
죽음만이 멈추게 할 수 있는
영혼 없는 자유의 사막.

오늘밤중으로 누군가의 제삿상에 올려질
저 핏기 잃은 조기 한 마리.
어느 혼령이 와서 먹어줄 것인가,
뒤 집 도둑고양이가 잽싸게 물어갈 것인가.
내 삶의 해묵은 근시안에 포착된,
좀처럼 회복되지 않는 생명 이미지.

都市의 감옥

—검은 강물처럼 아스팔트는 도시로 흘러간다.
이윤학, 「저 환한 창고 안에」 중에서

都市 안을 가만히 들여다보라,
도시 안에 끝이 없는 바다가 있다 그 끝없는 바다 속에 외로운 섬 하나 떠 있고, 그 외로운 섬 속에 두려운 文明이 있다 그 두려운 문명 속에 집요한 慾望이 있고, 그 욕망 속에 때묻지 않은 심연이 있다 그 심연 속에 영원히 살아 꿈틀거리는 子宮이 있고, 그 자궁 속에 한 웅크려 잠자는 胎兒가 있다 그 태아 속에 아직 태어나지 않은 무한한 宇宙가 있고, 그 태어나지 않은 우주 속에 한 점 티끌 같은 地球가 있다 그 지구 속에 엉거주춤한 토끼 같은 韓半島가 있고, 그 恨 맺힌 땅 위에 하나의 都市가 있다.

都市 안을 가만히 들여다보라,
그 도시 안에 있는 수많은 단절된 시간들 속에 우리들 각자가 가려져 있다는 걸, 그래서 이 도시 속에 살고 있는 우리 모두 이방인 같다는 걸, 그래서 공적인 시간이 우리를 지배한다는 걸, 그래서 그 공적인 시간에 대한 두려움이 이 도시를 노예 시장처럼 확장시켜나간다는 걸.

都市 안을 가만히 들여다보라,

그 속에는 영원히 개발되지 않는 그린벨트가 있고, 그 그린벨트 속에 우리들의 꿈이 갇혀 있다, 그 갇힌 꿈속에 함부로 재개발되고 있는 인간이 있고, 그 함부로 재개발되고 있는 인간들 속에 함부로 저질러지고 있는 범죄가 있다.

都市 안을 가만히 들여다보라,

마주치는 눈빛이 몇 개나 있는지, 그 밤하늘 별들만큼이나 많은 눈들이 무엇을 갈망하는지, 그 눈들과 한꺼번에 마주쳐보라, 도시가 얼마나 지독한 안개인지를.

어느 도시 거주자의 몰락

―바벨탑도 그것에 오르지 않고 세울 수 있었다면 허용되었으리라.
F. 카프카

사람 만나는 게 싫어졌다.
사람들을 뼈가 으스러지도록 껴안았더니
정말 뼈가 으스러지게 아팠다.
四肢를 잃은 진실들, 정교하지도 못한 이기주의들로
서로의 상처를 끝없이 덧나게 했다.
자해하던 시대는 지나갔건만,
잡다한 약물중독으로 신체는 쇠락했고
나는 이제 양지바른 곳에서 남 몰래 하품이나 하고 싶어졌다.
그래서 여전히 내 곁에 남아 있는 벗은 신문과 TV.
TV 속에는 그야말로 잘 빠진 여자들,
스스로 자문하지 않아도 되는 농담과 공인된 웃음들,
수려한 자연 다큐와 신나는 喜悲劇, 현란한 광고가 있다.
나는 그 속에서 내 욕망을 검색하고 재정돈하며,
전화수첩 속의 콧대 높은 아가씨들에 진을 빼는 대신에,
이제 은막의 여배우들을 맘대로 골라가며 안는다.
신문은 더 신나는 이야기들로 떠들썩하다!
끔찍한 살인, 밤사이에 일어난 화재, 유명 배우의 염문

설,

한강 철교 위의 자살 소동, 다이아나 비의 노출된 육체,

가망 없는 이데올로기, 전운이 감도는 북한 핵의 향방 따위들!

전 인류를 수다쟁이로 만들고, 전 지구를 바보 상자 속에

가두는 이 동시다발적인 화제들 속에서,

나는 하루 종일 방구석에 틀어박혀 있어도,

좀처럼 외롭지 않다. 외롭지 않아서 문득 눈물이 난다……

나의 눈과 귀가 내 삶을 병들게 했다.

매스미디어가 나를 웃기고, 울리고, 흥분시키고,

적당히 참회시키며, 온갖 가상의 배역으로 길들이고,

치열한 관음증으로 젊음을 송두리째 탕진시키더니

결국 일개의 관객으로, 일개의 3등석의 전망으로

안내받은 한 병적인 독신주의자로 만들었다.

세계로부터 모방당한 자기를 재모방하는 타자,

그것이 내 獨存의 호신술, 내 자아 중독의 독채이다.

어둠이 빛의 조작에 참여할 수 없듯이,

이 보는 자의 眼光을, 이 보는 자의 內膜을

스스로 볼 수 없음이, 이 보는 자의 처소를

스스로 점유할 수 없음이 내 관음증의 시민성,
나 자신으로부터 추방당한 自己愛이다
그 자기애들로 아우성치는 세계의 캄캄한 벽장들마다
문을 활짝 연 〈인생 극장〉, 그 분할된 어둠 속,
끊어진 시간의 필름에 헛돌기만 하는 세계의 邊境들,
텅 빈 객석에서 끝까지 남아서 버티는 생의 오기들.
그림을 달라! 나의 중심을 점유하는 그림을 달라!
TV가 곧 존재의 대안을 제시하는 구세주다.
그 구세주의 유일한 설법은, 세상의 모든 중생들을
열광적인 TV 신도로 만드는 것. 리모컨을 누르면
빛이 켜질 것이요, 채널을 돌리면 세계가 바뀔 것이다……
한 익명의 시청자는 첨단의 매스미디어로부터,
세상 속으로 자진해서 걸어 들어가는 길목을 잃고
지금 어느 골방 속에 은거해 있다.
달라당 TV만 켜놓고.
그는 이제 브라운관이라는 화려한 빛의 세례를 받은,
방관자들의 사원의 한 신도이다……
공장에서 폐수를 방류하건, 열차가 탈선을 하건,
이웃집에 강도가 들건, 길가에 누가 변사체로 쓰러져 있건,

눈 하나 깜짝 안 하는 이 강철 같은 자본주의 체제,
얼치기와 소인배들, 협잡꾼들과 야바위꾼들이
때 만났다는 듯이 판을 치는 이 배덕자들의 낙원은,
생산과 탕진의 악순환, 병 주고 약 파는 상술 속에서,
불행 속에 방치된 개인들로부터 몇 곱절이나 불어난
재난들을 뒤치다꺼리하고, 구제받지 못한 욕망들로부터
몇 곱절의 죄악으로 전염된 소아병적인 카오스,
너와 내가 영원히 소통할 수 없는 진공 속의 방해 전파
이다
도대체 인간은 언제부터 이런 유해한 진공을
이 지상의 한가운데 벌여놓은 것일까?
옛날과 미래는 매순간 상품화, 정보화되고,
현재는 영영 개통되지 않는 주파수들로 혼선된 진공,
이 지칠 줄 모르는 총천연색의 공허 속에서,
더이상 욕망 없이는 단 일초도 자기를 할애할 수 없는
유토피안들이여?
신문 한 장과 담배 한 개비, 한 익명의 신문 구독자에게
매일 아침 찾아와서 조용히 자살을 권유하는
이 즉석의 저널리즘과 즉석의 허무주의.
세상도 헛돌아가고,

개인의 삶들도 세상의 뒷전에서 딴전만 피우고 있으니

이제 그 사이에 마이크를 잡은 중계 아나운서가 왕 노릇이다.

달라당 TV만 사이에 두고.

지존무상 완결편

―원숭이 우리 속에 던져진 한 인간은
그 원숭이 무리들의 우두머리가 되기엔 역부족이다.
인간이기를 포기하지 않는 한.

―나는 사형제도에 반대한다. 죄수의 버려진 목숨보다
감방 하나 만드는 데 드는 비용이 더 귀한 이 국가체제의
모순에 반대한다.

이 세상은 지존파 일당들에게 사형제도라는 명목으로 보복살인을 감행했다. 무식하고 야만적인 살인보다, 감정도 개입되지 않은 지적인 살인이 오히려 더 큰 범죄가 아닌가. 그것이 전쟁의 잠재의식이 아닌가. 단 한 명의 살인자라도 양성할 수 있는 이 세상은 처음부터 다시 인간 모내기를 시작해야 하는 것이 아닌가. 보다 더 흉악한 살인 장면들을 연쇄적으로 찾아 즐기는 비디오광들이 진짜 미쳐 있는 것이 아닌가. 그들이야말로 이 드라마틱한 살인자 양성소를 어떻게든 법적으로 보호하려는 집단이 아닌가. 지존파들을 손가락 하나 까딱하는 것으로 처치해버린 진짜 지존은 누구인가. 이 세상이 바로 그 보이지 않는 지존을 모시고 있는 거대한, 합법적인 갱 단체가 아닌가. 우리는 바로, 그들에 의해 지문과 물증과 법의 기호로써 처리되고, 작용하는 추상명사들이 아닌가. 그렇지 않은가. 인명피해라는 말이 재산피해라는 말과 똑같이 들리는 시대, 인간의 존엄성이

쇼윈도 속의 마네킹보다 보호받지 못하는 시대가 아닌가. 인륜을 찾는답시고, 인륜의 가능성을 법집행시키다니! 범죄자들을 신속히 처벌함으로써 그 범죄의 동기를 제공한 일상을 은폐하겠다는 이 역설, 이 성미 급한 국가보안법은 참으로 거대한 위선이 아닌가. 우리는 그들의 참다운 회개의 눈물을 볼 수 있을 때까지 그들을 도와야 했지 않은가. 이 엄청난 사건의 와중에서도, 마유미를 정치적으로 개종시켰던 것과는 달리, 그들을 윤리적으로 개종시키기를 거부한 절대 권력의 손빠른 계산이 숨어 있었다니! 보복 좋아하는 절대 다수의 부하들이 지존파에 대한 보복살인에 맞장구를 쳤기 때문이 아닌가. 그런 놈들은 죽여야 돼, 몽땅 헬리콥터로 싣고 가서 태평양 한가운데 던져뿌러야 돼, 그런 놈들이 더이상 이 땅에 못 설치게 하려면 여의도나 한강 백사장 같은 데서 공개 처형을 해야 돼! 아아, 우리가 바로, 손수 친아버지를 죽이고, 금권을 장악한 代父에게 영혼을 팔아버린 그 탕아들이 아닌가! 우리는 정부라는 단체를 고용해 지존파를 청부살인한 것이다. 환락과 금지된 욕망의 공적인 돌파구를 찾고 있는 이 전투적인 문명, 이 피투성이 군사, 폭력 문명은 그 접근 금지된 國有地 속에, 부득불 인간 그 자체를 火葬시킨 거대한 화장터 같다. 어디 하나 그 人肉의 연기가 배어 있지 않은 곳이 없다. 우리는 과연, 우리들의 일그러진 지존과 함께 무사안녕해도 되는가. TV를 끄고 돌아앉으면 돌아앉은 세상도 함께 꺼지는가.

보석 감정사

—당대의 문화는 욕망을 검색하고 검열하고 검토하는 장소, 곧 욕망의 첨단적인 비닐 하우스이다. 이 속에는 욕망은 넘쳐나지만, 욕망의 주체는 없다. 욕망에 대한 이 최종적인 失意가 모든 생산물을 가짜로 여겨지게 한다.

포장만 잘해놓으면,
이 세상에 상품가치가 없는 것이 어디 있나
이제 아무도 굶어 죽지 않게 된
자비롭고 슬기로운 자본주의 체제에서……
세상의 그 온갖 모조품들과 복제품들도
진열대 위의 희귀한 진품들과 사이좋게 뒤섞여,
적당히 대접받을 수 있으리다
어차피 입에 풀칠하기에도 바쁜 사람들이
하나같이 다 감정사 자격증을 취득할 수 없는 노릇
화려한 포장지 속의 원산지들이
다 made in 양심 불량
다이아몬드에도 품질이 수십 등급이고
韓牛 고기에도 부위별로,
매춘에도 나이별로 가격이 천차만별이니
양질과 저질의 경계가 포장을 사이에 두고
신용과 불신의 눈빛이 옷차림을 사이에 두고
모든 가치 기준이 희소성을 중심으로 돌아가니

가장 흔해빠진 인간이 가장 값싸게,
덤핑으로 거래되는 것이 시장 경제 원리
자본주의가 상품화할 수 없는 인간의 영혼은
교활한 巫俗人들이 상품화하고
더이상 아무도 눈뜨고 보려 하지 않는
이 편리한 소경의 나라에서,
원조와 원산지와 원액과 원본을 알아볼 수 없는
눈속임의 마술 세계가 온 세상을 가짜로 만들고 있다

상품의 원조는, 아담과 이브가
자신들의 알몸을 가렸던 그 원죄의 잎사귀.
누가 그 포장을 벗겨낼 수 있는가?
그 포장을 벗기고 나면,
이 문명은 하루 아침에 와르르 무너진다
누가 그 조그만 잎사귀 하나 벗기려고
이 문명을 포기하겠는가!
가짜를 보고도 속아줄 줄 아는 배려,
유통기한이 지난 라면도 먹을 줄 아는 식성,
허구에 지나지 않는 영화를 보고도 울 줄 아는 감성,
자유 민주주의의 최고 소비자.

가망 없는 심장병

—이제는 괴로워하는 것도 지속하여
내 몸통을 뚫고 가는 바람 소리가 짐승 같구나.
황지우, 「눈보라」 중에서

가슴이 미어질 듯이 아프다.
칼로 자르듯이, 실핏줄이 끊어질 듯이
송곳으로 후벼파듯이, 가슴이
심심하면 아프다.
가슴속에 백년 묵은 쥐가,
매일 밤 고통의 어금니를 갈고 있는 새앙쥐가 한 마리 산다.
마취제도 없이 수술받아야 하는 게 삶이라면,
소독되지 않은 병원 복도를 거니는 것이
日常이라면,
내 가슴은 썩어들어가는 河川마냥
무수한 고통의 하수구로 범람한다.
가슴이 병들어갈수록,
병들어 있는 세상이 죄다 보이기 때문에,
언뜻 스쳐가는 흉부의 통증마냥
세상의 구석구석 눈에 띄지 않는 병자들,
그 誤診된 고통들과 마찰 없이 합류할 수 있기 때문에,
그래서 詩의 여백을 눈감고 베낄 수 있기 때문에.

(詩는 그래서 고통의 건축인가……)

눈에 잘 띄지 않는 자들은 죄다 아픈 사람들이었고,
그들의 습성은 문둥병자처럼 잘 숨는다는 것,
스스로 피안의 끝자락까지 소외될 줄 안다는 것.
고통이란 정당성이, 6하원칙이 적용되지 않기 때문에,
고통이란 아무에게도 호소할 길이 없기 때문에,
고통은 이미 가해자의 고통으로부터 연루되어버렸기 때문에.
고통받은 자는 이제 맹렬히 스스로 아프기 시작한다.
한밤 내내 가슴을 쥐어뜯는 자, 이미 드러내 보일
가슴도 없이, 세상으로부터 죽은 듯이 돌아누운 자다.
(詩는 그래서 정신의 인공호흡인가……)

內傷을 제멋대로 후벼파는 쥐 한 마리 못 잡는
이 썩어빠질 고뇌, 그놈의 먹이로만 채워진
흉물스런 내 머리. 아아, 두 쪽으로 확 쪼개지지도,
하나로 완전히 합쳐지지도 못하는 이 적체된 호모
사피엔스의 두개골에 白旗를……
가슴이 너무 아파서 숨도 제대로 못 쉴 지경에,

천리안이 열린 듯이 세상 고통의 진풍경이 좌악 병풍을 친다.
고통의 숨결은 차단된 벽 너머의 신음소리,
닫혀 있는 문들 안에서 나는 귀에 익은 한숨 소리,
간첩도 아니면서 밤새워 낮게 수군거리는 소리,
지금 이 순간 남의 집 담을 넘고 있는 자의 거친 숨소리,
간드러지는 웃음 속에 섞인 히스테릭한 딸꾹질 따위들에
내 잠 못 이루는 침실 속에서 무방비로 전염된다.
벼랑 위에서 죽음의 피안을 굽어보는 자,
만취되어 의식을 잃고 길거리에 쓰러져 누운 자,
戀人의 상실로 自己를 덩달아 상실한 자,
회복될 수 없는 불구의 상처를 입고 피 흘리는 자,
빠져나갈 수 없는 미궁 속에서 발광하는 자,
첩첩산중에서 길을 잃은 자, 휴식할 수 없는 고뇌로
병을 얻은 자, 행복의 불가능성을 스스로 체득한 자들,
세상의 고통이란 고통은 죄다 생생한 칼라로 수신되어 온다.
(詩는 그래서 고통의 검문소인가……)

고통이 곧 만인의 통신이란 걸,

아프지 않는 것들은 이미 이 세상에 속해 있지 않다는 걸,
세상은 누구에게나 꼭 아픈 만큼만 살아진다는 걸,
이 회오리치는 먼지의 나라에서,
눈물샘이 발달하지 않은 자들은 모두 이방인이라는 걸,
이 한세상을 다녀간 증표로서,
누구나 한 묶음의 고통 수표를 발행해야 한다는 걸,
고통의 복음은 이제 내 가슴속에서 사이비 선교사의 혓바닥처럼,
종말론적인 악취까지 풍기며 쉴 새 없이 널름거린다.
의학적 희망, 법률적 위안 속에 안주한 고통들,
파도 파도 끝이 없는 이 고통의 유적지를 발굴해가는 나날들,
혼자로서는 도무지 감당할 수 없는 이 피신의 세월마저도
보다 첨단의 첨단의 고통을 위하여
언제나 지금 당장의 샤머니즘을 유보해야 하기 때문에,
아파도 아픈 소리 한번 내지 않는 자,
이미 반영구적인 인공심장을 보유한 자다……

아현동 블루스

싸이판, 촛불, 언약, 백조, 밤차, 숲속, 금성,

龍, 호수, 탈렌트, 시바, 목화, 청탑, 초아,

만남, 낙원, 성일, 개미, 동경, 향현……

맥주 / 양주
여종업원 구함. 숙식 제공.

시대의 낙오자들, 알코올중독자들이 건설해놓은
도심 속의 아방궁

2차, 3차, 4차까지 만취되도록
도심의 뒷골목을 갈지자로 헤매이다 보면,
문득 이곳이 아닌 별세계인 양 만나지는
붉은 요정들의 숲. 그 숲의 한가운데,
망각의 호수인 줄 알고 냉큼 뛰어들었다가
새벽녘 술값 계산서를 받아 쥐고서야
꽈당, 하고 코가 깨지는 사람들
오빠, 다음에 또 놀러 와

(아아, 취중에 더듬어본 어느 집 딸내미의 연한 살은
욕정의 시작도, 욕정의 끝도 아니더라)
월급 타면 또 올게, 그때는 꼭 외박 나가는 거다

대체 철로가 한 구간 개통되기에는
얼마나 많은 자갈들이 희생되는가
한 구간, 구간마다 널브러진 술집 간판들,
그 집단 불면증의 기호들
(실컷 일하고도 잠까지 내모는 거리들!)
역사가 흐르고 시대가 변천해도,
개인들의 절망은 언제나 안주 한 접시,
절대 死語가 될 리 없는 욕설 한마당

떼돈 벌기 전에는, 절대 마중 나오지 않는 여인들아
자기 딸 하나는 가장 비싸게 팔아 처먹으려는
포주 같은 어머니들, 인물, 학벌, 배경, 전력,
입사 면접 시험보다 더 까다로운 아버지들아
단돈 몇 푼에 정 주고 몸 대주는 아가씨들이
지천으로 깔려 있는 거리,
절망한 사내들이 모여 작당한 이 세상을 어이 하리요

남들처럼 열심히 돈 벌어 참한 색시 하나 얻어 살려고
대한민국 씩씩한 남아들이 오늘도 독수공방 주경야독
매일 밤 귀가길이면 소매를 잡아끄는 분칠한 10대들,
싫어서 뿌리치는 남자는 아무도 없소

오늘도 걷는다마는, 정처 없는 이 발길……
순애야, 금순아, 홍도야, 영자야, 다들 어디 있느냐
오늘은 어느 하늘 아래, 어느 막다른 길목에서
어느 오빠의 손목을 끌며 홍등을 밝히느냐

서민층 하나

서민이라는 누추함,
저마다 누렇게 변색된 속옷을 하나씩 가진.

그들에게 방송국 카메라를 갑자기 들이대는 것은
어두컴컴한 관중석의 한 관중에게
갑자기 눈부신 스포트라이트를 비추는 짓,
서민이라는 자폐성으로 똘똘 뭉쳐진 국민정서를
오락적 관점으로 戱化하고,
저널리즘적 空의 세계 속으로 해체시키려는 음모이다.

한번도 제대로 주목받아본 적이 없는 생들,
그래서 회식 자리나 노래주점에서 유난히 두각을 보이는 사람들
그러나 어쩐지 눈에 익은 광대짓이 영 어울리지 않는.

서민이라는 서글픔,
모면할 수 없는 치욕과 비애로 단련된 육체들,
그 과잉된 분비물들이 몸 밖으로 흘러나오는 순간을
남몰래 수습하기 위한 용도의 손수건을 한 장씩 가진.

그러나 언제나 그 누구에게라도, 서민 출신이라면
혼신을 다해 손뼉을 쳐줄 준비가 되어 있는 사람들
감동의 눈물, 아쉬운 작별, 슬픔의 친인척들,
뭐 그런저런 신파적인 애환들에 매일 밤 잠을 설치는
이 땅의 순하디순한 토착민들. 이중 삼중으로 차양이 쳐
진
민족적 급소들.

삐걱 삐걱, 덜컹 덜컹, 와장창 우지끈,
우리 동네 견고하지 않은 생활들이
저마다 비준되지 않은 각도에 무방비로 노출되어 있다.
1년에 한두 번 정도만 고기 굽는 냄새를 풍기는 최씨네
어어, 옆집 은아 엄마는 옆집 총각이 보는 줄도 모르고
허연 허벅지가 다 보이도록 쭈그려 앉아 빨래를 하네
앞집 민태 엄마는 과자 사달라고 보채는 애를 맨날
두들겨 패고, 뒷집 신혼부부가 세든 단칸방에는
저녁 8시쯤이면 어김없이 불이 꺼지고, 어떤 날은
꺼졌다 켜졌다 난리며 또 옆집 아래층 중학생은
매일 밤 화장실에서 이상한 잡지를 보며 수음을 하고
옆집 위층에 사는 한 젊은 과부는 자정이 넘을 무렵이면

어김없이 유모차를 밀고 동네를 두세 바퀴 돌며
뒷집 노부부댁 영감은 맨날 전화통에다
분가한 자식들을 호통치고, 옆집 건너 뒷집 놈팡이
하나는 늘어놓은 빨래와 신발을 잘 훔쳐간다는
소문이 있고, 그 놈팡이와 붙어 먹고 사는
한 술집 여급은 자주 동네가 떠나가라 괴성을 지르며
주사를 부리고, 또 어느 집 딸년은, 아이고 눈꼴시러버라,
매일 밤늦게 삐삐 호출만 오면 우리 동네 가보자 여관에
출근을 하며 그녀의 성범죄는, 그러나 위암으로 투병중인
어머니의 나라에선 정상참작으로 무죄가 되네

속이 훤히 비치는, 서민이라는 이 근친성,
그들이 빨랫줄에 주렁주렁 늘어놓은 속옷들은
좀체 외설이 될 줄을 모른다.

주제 없는 한 슬픔

–신파적 유산

이제 아프지 않고는 만져지지 않는 내 몸,
이 한 길도 안 되는 어둠이,
세상에 나 있는 길들만큼이나 아득하구나
진맥할 수 없는 이 슬픔의 癌 덩어리가
그래도 가끔씩 향기 어린 노래 한가락으로 풀어지면
나도 살고, 이 슬픔도 살 만하건마는,
내가 아는 기쁨이 이것뿐이니
나는 정녕 헛살았구나.
사는 게 다 이 방 저 방 숨은 몸들의
살 떨리는 용두질 같구나.

어느 순간부터인지, 어느 절정의 상실부터인지
도통 기억에도 없구나, 감각의 빈곤이
정신의 빈곤인 줄도 모르고
이미 살아서는 안 될 삶을 함부로 살아버린 이 몸,
이 화냥년 같은 몸살을 천대하고부터는,
은빛의 나비를 잡으려 함부로 허공을 휘젓던
그 童貞의 손마저 잃고부터는,
이 지랄 같은 담배도 못 끊고!
담배 연기 하나 못 당하는 어질머리의 나날들만

남 몰래 소풍 나와본 오후에
여지없이 휘청거리는구나.
만사가 그렇게 쥐어뜯을 수 없는 앙금의 가지,
그 가지를 엮어 만든 햇살의 회초리로구나.

나날의 불순한 낙태를 눈감아주는 태양의 비호 아래,
시간은 머리를 산발한 빛 속에서 춤을 추건만,
허구한 날 화냥기 도지는 청춘아,
죽을 둥 살 둥 모르게 혼자 용쓰는 과부살이 산모야,
내 몸의 도처에서 色을 쳐라, 色을 쳐!
짓무른 피가 향긋한 色素로 무르익도록,
너도 살고 나도 살 만큼만 피어보자고!
거참 독하기도 하지!
기어코 이혼할 수 없는 한세상이
내 아킬레스건을 질긍질긍 씹어먹어버렸구나.
내 도피의 끝자락을 끝까지 물고 놓아주지 않는
개 한 마리, 그런 자학의 복날이 기어코 있구나!

이 굽이 저 굽이 그렇게 절뚝거리는 목숨으로,
아무것이나 구걸하는 발자취로 돌아다녀보지만,

발길이 채 닿기도 전에 달아나는 땅끝
그 먼발치의 인기척에 애간장을 녹여보지만,
언제나 돌아갈 수 없는 세상보다는
불러올 수 없는 사람들이 더 야속하더라.
萬有의 뿌리를 잃은 이 색색의 잎사귀들,
썩어서 스며들 진흙조차 없는 이 푸르른 낙엽들은
도대체 어디까지, 그 언제까지
저 이기지도 못할 몹쓸 바람에 쓸려가려나.

가장 큰 슬픔 하나는,
내가 앓는 병을 누군가 더 모질게 앓고 있다는 것
세상에는 내가 따라 울 수 없는 슬픔들,
엄살 한번 피우지 못한 죽음들이 하도 많아,
푸르름의 기억을 일순간에 날려버린 이 고질병 속에서,
나만 죽으면, 나만 죽으면!
제대로 살아보지도 못하고 돌아누운 사람들이
시름시름 앓는 소리 안 듣고
안 아픈 사람이 느닷없이 죄인 되는
문병 따위 안 가도 되고,
하루가 다르게 둥글납작한 무덤이 되어가는

서로의 굽은 등허리,
슬그머니 두드려주지 않아도 되고!

세월이 주는 갖은 오해로,
그 뻔한 잡념들과 의도적인 오해들로,
서로가 말도 없이 갈라선 어깨들 사이
무심한 바람만이 쌩쌩 잘도 불어 지나가는구나.
사람이 사람 등을 밟으며, 각자의 권력의 쿠션을
부리나케 활보하며, 꼭꼭 다져진 무덤 같은 한세상,
藥을 다 지어놓고도 먹지 않는 이 세월을,
무심한 바람만이 알고도 모른 체하는구나.
계절도 모르고, 계절도 모르고
제 혼자 화병이 도진 듯 꺾어놓은 이 청춘,
떨어질 곳도 없는 낙엽송이 여기에 있네!
아아, 내가 손수 짚을 수 없는 몸,
세상이 영영 치울 수 없는 슬픔이로고.

가을 운동회

–아이의 눈은 이 세상에서 가장 슬픈 눈을 하고 있다.
그 맑은 눈망울에 투영되어 있는 세상보다 더 슬픈 건 없다.

동네에 있는 한 초등학교를 지나치다가
와와 하는 귀를 찢는 듯한 함성 소리에 돌아보니
때마침 만국기를 펄럭이는 가을 운동회가 열리고 있다.
공 굴리기, 1 2 3등을 가려내는 달리기 경주,
시원한 천막 아래, 다리를 포개고 앉아 있는 귀빈들,
십수년 전 내가 국민학교 다닐 때의
그 조악한 가을 운동회와 달라진 것이 하나도 없다.
오히려 학교 운동장만 눈에 띄게 좁아졌을 뿐,
그 좁아진 공간만큼 아이들의 경쟁심만 배가되었다.
청군과 백군, 올림픽의 전형적인 축소판이다.
아아, 저 아이들이 벌써부터 체계적으로 달구어지고 있다.
흙먼지 이는 땡볕 아래, 비좁게 줄을 맞춰
자기 차례를 기다리며 쪼그리고 앉아 있는 아이들,
몇몇은 고개를 푹 수그리고
땅바닥에 실없이 뭔가를 긁적거리고 있다.
저 학교 운동장을 몇 바퀴 돌아야
저 아이들의 말랑말랑한 대가리 피가 마를 것인가.

아아, 저 다 자라지 않은 신체의 골격들이,
저 선명한 실핏줄들의 근친성이,
내게서 알 수 없는 슬픔을 불러일으킨다.
상처 입기 쉬운 그 느낌의 피안,
채 배꼽이 마르지 않은 민감한 童心이 되살아난다.
빈 도시락을 달그닥거리며,
그 영원히 닿을 수 없을 것 같은 공복의 귀가길을
천진스레 뛰어놀던 그때가, 그때의 붉은 저녁 노을이,
내 가슴 한가운데서 뭉게뭉게 되살아난다.
죄 없는 아이들의 영혼에
어른들이 심어가는 저 꿈나무가,
저 판에 박힌 공화주의적 꿈동산이,
실낙원을 초래하는 善惡果인 줄도 모르고,
어른들에게 사랑받으려고 안간힘 쓰는
저 순수한 童心들이, 저 허둥대는 눈들이
내 눈을 찌른다.
그 시절, 미처 다 울지 못한 슬픔이 내게 남아서일까,
난 괜스레 눈물이 핑 돌 것 같다.

세종로에서 아현동까지

외로웠다.
가족, 연인, 벗이 없어서 외로운 것이 아니라
세종로에서 아현동까지 꼬박 두 시간을 걸어와도
길에서 아는 사람을 단 한 사람도 못 만나서이다.
미치도록 외로웠다.
왜 세종로에서 아현동으로 가면 갈수록 거리는 더러워지고
보행의 난관들이 펼쳐지는 것인지,
왜 서울 한복판을 한 시간만 걸어보면
누구나 감정적으로 무정부주의자가 되는 것인지,
한 개인과 너무너무 무관하게 돌아가는 서울 풍경은
왜 배울 것 다 배운 지성인들을
초저녁부터 삼류 극장이나 선술집으로나 내몰게 하는 것인지,
왜 진하게 화장한 여자들의 엉덩이나 훔쳐보게 하는 것인지,
그래서 길모퉁이, 아무 데서나 왜 서로를 비하하는 시선만
주고받아야 하는 것인지,
지하철 공사가 한창인 도로가 횡단보도 앞에서

나는 왜 파란불이 켜져도 건너지 않고 망연자실해졌는지,

왜 서울 시장과 나 사이에는 아무런 면담할 화제가 없는 것인지,

대체 나는 왜 서울에 살고 있는지 알 수가 없어서이다.

안팎으로 외로워서 죽을 뻔하였다.

사람들이 그리워서가 아니라, 사람들이 너무 지겨워서

그리운 사람이 단 한 사람도 없어서이다.

달이 뜨는 대신 대형 멀티비전이 밤하늘에 뜨고

먼산 석양 노을 대신에 아파트 단지 불빛들이 시야에 차고

졸졸졸 흐르는 시냇물 소리, 재재거리는 새소리 대신에,

오토바이, 자가용, 트럭, 시내버스 엔진 소음이 귀를 찢고

계절마다 다른 냄새를 실어 나르는 들바람 대신에

먼지와 분진, 배기가스 냄새에 상한 후각은

값비싼 향수 냄새를 풍기며 지나치는 여인들의 육감적인 체취에

매번 홀리고, 곡을 하며 지나치는 장례식 행렬 대신에

요란한 사이렌을 울리며 질주하는 구급차가

문득, 죽음을 피해가는 한적한 길목으로 나를 내몬다.
외로웠다, 더이상 그 어떤 양약으로도 듣지 않는
나의 외로움, 타인들의 전투적 외로움에 대해서,
아무것도 할일이 없는 나의 이 막연한 전방이 외롭기만 했다.
매번 해탈 직전까지 이르는 나의 욕망,
매번 북받치는 인류애까지 승화되는 나의 절망은
왜 이 도시를 빠져나가지 못하고
눈물과 정액으로 넘쳐나는 하수도관으로 새어 나가는 것인지,
왜 나의 육체는 이 도시와 함께 망하려고만 하는 것인지,
왜 사람들의 희망은 다른 사람들의 너절한 살림을 치워야만
통행할 수 있는 비좁은 길이어야 하는지,
왜 점잖은 사람들이 술만 마시면 풍속사범이 되는 것인지,
세종로에서 아현동까지 걸어오는 내내
나는 왜 그런 대답 없는 질문들만 곰삭이고 있었는지,
아무도 불러낼 수 없는 이 외로움은

왜 이상성욕이나 자극하며 귀가길을 미로로 만드는 것인지,
자기 자신 하나 관리하고 구제하지 못하는 어른들,
그것도 소수의 어른들이 운전하고 있는 이 서울 버스의 요동 속에서,
나는 왜 치밀어오르는 구토를 매번 억제해야 하는지
알 수가 없어서이다.

사랑 하나

–지금 우리들의 욕망은,
愛人을 영원히 소유할 자격이 없다

사랑이 내게서 욕정을 앗아간다
슬픔의 폭정 같은 욕정을 무력도 없이 탈환한다
사랑이 내 메마른 추억의 덤불 숲에 비를 내리고
비를 내려 다시금 내 잠든 고통의 뿌리를 생동케 하고
이름 모를 여가수의 애절한 흐느낌에도
다 죽어가는 심장의 모세혈관들을 자라게 하고
그 자란 만큼 굵은 눈물을 뚝뚝 흘리게 한다
한 여인을 울게 한 죄,
그래서 나를 위해 공들여 화장한 얼굴을
눈물범벅으로 만든 죄,
그 죄를 갚을 길 없어 한밤 내내 나를 울게 한다
왜 모든 연애는 불륜으로 전락하고 마는지
불륜으로 전락하기 이전에
왜 사랑을 그녀의 고향으로 데리고 가지 못하는지
사랑이 내게서 욕정을 앗아가고
그 욕정이 주권을 가진 이 도시를 폐쇄시킨다
왜 모든 사랑은 바닷가로 몰려가는지
바다를 건너가지 못한 사랑은

왜 이 도시로 되돌아와서 폐인이 되는 것인지
도대체 왜 사랑은 이 지상에 와 닿자마자
금세 녹아버리는 싸락눈 같은지,
녹기 전에는 그렇게도 달콤한 살〔肉〕인지……
그렇게 안타깝게 녹아버릴 싸락눈 같은 줄 알면서
가장 서러운 이별인 줄을 알면서
왜 처음에는 무작정 하늘을 날 듯이 환호하게 만드는지
하나님은 왜 이 지상의 끝없는 길들을
가끔씩 폭설로 덮어버리시는지.
이 척박한 땅, 이 고난의 마을 마을마다
왜 그런 장난을 심심치 않게 걸어오시는지
사랑아, 길도 없는 이곳에서
나는 너를 들쳐업고 어느 하늘 아래로 달려가야 하느냐
어떤 바람을 타고 함박눈으로 흩어져야 하느냐
사랑이 내게서 욕정을 앗아가도록
나는 왜 훔친 물건인 양 가만히 내어주고 마는지……

詩人과 도둑

어두컴컴한 골목 어귀,
복면도 안 쓰고 담을 넘는 한 사내.

저 간덩이 부은 인간과 소주 한잔 하고 싶다.

경찰에 신고하기보단,
차라리 나의 재산을 몽땅 털어주고 싶다.
재산이랬자, 한 가마니가 넘는 난해한 서적들.

그 책들을 다 읽고 나면
세상이 다 난해해져서
그 어떠한 단순한 행위도
실천에 옮기지 못할 것이므로.

겨우 한댔자, 도둑질하기 난해한
은행 금고나 상상할 것이므로.

어두컴컴한 골목 어귀,
주위도 안 살피고 담을 넘은 한 사내.

그가 넘어간 담벼락이
바로 내가 넘어온 그 담벼락이다.

도둑한테 그러는지,
나한테 그러는지
잠도 없는 개 한 마리 짖어쌓는다.

오늘도 무사한 이 담벼락에
저 간덩이 부은 개와 오줌 싸고 싶다.

벽
–6응론

사물은 世界에 대하여 反應하고,
동물은 世界에 대하여 順應하며,
자연은 世界에 대하여 照應하며,
기계는 世界에 대하여 副應하고,
만물의 영장인 인간은
世界에 대하여 感應한다.

세계는 운명을 거스르는 자 앞에서 발끈한다.
세계는 그 모든 벽들을 토하고, 삼키고, 허락하는
벽들의 왕이다.
사물의 벽, 동물의 벽, 자연의 벽, 기계의 벽,
온갖 예속의 벽,
우리는 우리가 감응할 수 있는 세계를
그까짓 벽 치장하느라고 다 망쳐놓았다!

그러한 거대한 벽 무늬 속에 가려진 채,
안 살아지는 인생을 남몰래 꾸려가는 우리들,
세계에 대하여 죽을힘을 다해
適應하고 있다.

언어의 감옥

—언어는 허공을 뚫는 대못이다
그 대못에 걸어놓은 세상이 시다

나는 항상 희망을 하늘로 접어 날린다
모터 없이 날 수 없는 종이 비행기를
나는 항상 희망을 물 위에 띄워 보낸다
모터 없이 갈 수 없는 종이 배를
종이의 끝에 습기를 머금은 어둠이 있고
종이의 끝에 가위처럼 입 벌린 현실이 있고
종이의 끝에 또다른 백지를 갖다 붙이는
시간이 있고,
가끔은 모터 없이도 날 수 있는 언어가
나를 아찔한 높이에까지 들어올린다
언어 밖의 세상은 항상 그 현기증 속에 있다

독자분들 모셔오기

1

1000℃로 달구어진 쇠만이
떨어지는 이슬 한 방울의 그 위력을 안다.

그것이 詩 한 수에,
시인들의 살이 바짝바짝 타들어가는 이유.

詩를 모르면 詩가 아닌 것들도 모른다.

2

그 누구에게도, 그 어느 방심한 가슴에게도
바닷물처럼 넘실거리는 詩情은 있다 하겠으나
그 詩情의 바다 한 기슭에서, 오직 혼자 힘으로
문학이라는 鹽田을 개간하여
바닷물을 한 통씩 길어올리는 그 원시적인 수차가
시인이 스스로 자처한 평생 노역의 디딜방아이며,
시인의 눈빛을 언제까지나

도회화되지 않은 방언으로 가득 차게 하는,
앞으로도 영원히 원시적일 그 고독이외다
하므로, 그 고독을 모르면 시의 무게를 잴 줄 모르외다
굵은 소금, 가는 소금, 깨소금을
같은 저울에 같은 량으로 달게 되외다
그러면 정말 안 되외다

3

진정 그러하므로,
시인의 잔재인 詩 속을 샅샅이 뒤적여
詩情의 舍利를 몽땅 주워가는 사람
그 사람의 뒷모습이 詩를 완성하외다……
아아, 그것이야말로 시인이 살아 생전 누리지 못할
그 호강이외다
그러니 이 시대 욕망의 잔류물인 독자분들이여,
詩의 잔재를 뒤적여 얼른 횡재하시고
그 미완의 공복들을 배불리 채워주소서

말과 상처

—풀어보면 아무 것도 안 나오는 거창한 보따리보다야
빈손이지만 멋쩍게 악수를 청하는 손이 더 반갑지 않은가

—시인에게 금지된 말이란 존재하지 않는다.
바로 그러한 사실이 시인을 자주 침묵케 한다.

좋은 세상 만들어보자고 시 쓴다는 시인들이,
보이지 않는 적수의 샅바만큼은 붙들고 놓치지 말아야 할
그런 뚝심들이, 오늘도 도심의 뒷골목 선술집에서
엉덩이에 쥐가 나도록 퍼질러들 앉아,
젖먹던 힘까지 다 짜내어 입씨름에 용을 쓰고 있다
(아아, 詩 밖으로 튀어나오는 침들 참 고약하더라!)
엎어치든 메치든 그 모든 입장을 종합해보면
결국 다 자기가 이 세계의 중심이고, 지성의 제왕이며
자신의 변방으로 아득히 떠밀려난 타자들은
다 씹새끼라는 말이다
(아아, 그 충혈된 눈들이 그렇게 말하고 있더라……)

그것이 지나친 격식이든, 우호적인 인격이든,
칭찬이든 비난이든, 눈물나는 겸손이든,
모든 화술은 결국 이기적이더라

모든 발언은 지나고 보면 다 失言이더라
진만 빼는 본전치기더라

나는 내 시를 비아냥거리는 단 몇 마디에
몇 날 며칠 동안 입맛이 없다 신물이 다 넘어온다
자기 자식 욕하는 소리 듣고
그 길로 앓아눕지 않는 부모는 단 한 명도 없다
제발, 부모의 입장은 생각도 않고
남의 자식 욕하는 버릇은 얼른 고치자
그것도 면전에다 대놓고!
너도나도 山蔘 뿌리 캐겠다고 난리법석이지만,
그 모든 약제들에는 그 상처에 맞는 효험이 있다

제발, 다른 시인들에게 시비 걸지 마라
이미 다 헐어버린 복장 다시 긁지 마라
세상의 毒素를 다룬다는 시인들은
때때로 너무 至毒하다
가까이 가면 아름다운 허기를 돋우는
시인들의 썩썩 끓는 가슴은, 정작 한술 떠보면
독을 제거하지 않은 복국 같다

문제 없어요

어쨌든 사람들은 거의 모든 문제들을 제기했고
거의 모든 문제들은 해결되지 않은 채로 남아 있으며
단 한 번도 제기되지 않은 문제는
이미 제기된 문제들이 해결되지 않는 이상
제기될 필요가 없겠으며, 바로 그렇기 때문에,
단 한 번도 제기되지 않은 문제는
단 한 번이라도 제기될 가능성이 거의 없다고 봐야 한다
학교와는 반대로 세상은, 절대다수의 문제 출제자와
단 몇 사람의 문제 해결자로 이루어져 있으며
바로 그렇기 때문에, 거의 모든 출제된 문제들은
해결될 가능성이 거의 없다고 봐야 하는 것이다
어쨌든 사람들은 거의 모든 문제들을 열심히 제기하고 있고
거의 모든 문제들은 알쏭달쏭한 수수께끼로 남아 있으며
이미 해결된 문제들은
새롭게 제기된 문제들로 인하여 또다시 문제로 제기되고
바로 그렇기 때문에, 이미 해결된 문제란 존재하지 않으며
사람들은 정답도 없는 문제에 매달리기보다는,
아예 정답을 요구하지 않는 문제들에 매달리기 시작했고

그들이 정답을 요구하지 않는 문제에 매달리기 시작한 이상
제기된 문제들조차 이미 문제화되지 않고 있다고 봐야 한다
어쨌든 사람들은 지금 문제 없이 잘살고 있고
바로 그렇기 때문에, 문제라는 것이다

도시의 요람

–그 무엇이 이 도시의 꿈자리를 사납게 하는가

집집마다 창문들이 TV 브라운관 불빛에 물들어 번쩍번쩍,
안집에서도 나는 TV 드라마 소리
옆집 변기통 물 내려가는 소리
길 가던 행인이 가래침 캭 뱉는 소리
멀리 개들이 악쓰는 소리
집 앞 점포들마다 셔터를 내리면서 나는 쇠 긁히는 소리
씨발놈, 개새끼, 씹새끼, 대갈통을 콱 어쩌구
술 먹고 겁나게 싸움질하는 소리
오토바이 엔진 소리(어떤 귀먹은 자식이 발명했는지!)
카 오디오 볼륨 처올리고 지나가는 자동차 소리
잠시 잠깐 고요한 정적 –
술 취한 家長 푸념 소리에 섞인 발자국 소리
밤늦게 귀가한 남편 거칠게 밥상 차리는 소리
애 우는 소리, 그보다 더 처량하게 들려오는 애 재우는 소리
밤 무서운 줄 모르는 처녀들,
지나가면서 구시렁대고 깔깔거리는 소리
성질 더러운 놈, 문 늦게 열어준다고

제 집 대문 발로 쾅쾅 차는 소리
멀리서 울리는 구급차 사이렌 소리
경찰차 무전기에서 나는 기이한 악마의 소리
도둑고양이들 앙칼지게 텃세 다툼하는 소리
(내, 총만 있으면 쏘고 말지)
누군가 전화 잘못 걸어놓고
술김에 전화기에다 성질 부리면서 횡설수설하는 소리
다시 고요한 정적 –
멀리서부터 땅이 우르릉 울리는 소리
술집 여자들 밤늦게 하이힐을 끌며 귀가하는 소리
집 앞에 똥차 주차하는 소리
도시의 밤은 이렇게 잠자리 사납게 깊어간다
모두들 잠이 잘 올 리가 없다……
이 집 저 집 잠 안 자고 부스럭대는 소리
비디오 한 프로 땡기고 쥐죽은 듯이 수음하는 소리
남편 거시기 잡고 생활고의 한을 다 푸는 여자들 소리
이런저런 고민들로 내일이 무서운 한숨 소리
들쑤시는 삭신에 끙끙거리는 소리
불 끈 집 누군가 담을 기어오르는 소리
땅이 꺼지고 하늘이 무너지는 사나운 꿈속에서

매일 밤 신열로 흥건히 젖는 죄 많은 알몸들,
도시의 밤은 이렇게 꿈자리 사납게 깊어만 간다
다시 고요한 정적 —
쉿, 누군가 잠든 방 자물쇠 끄르는 소리……

포장마차

두 돼 뼈 닭 골 오 낚 고
루 지 없 똥 뱅 징 지 갈
치 두 는 집 이 어 볶 비
기 루 닭 　 무 무 음
　 치 발 　 침 침
　 기

이리 앉으이소
안주는 뭘로 할까예?
술은 소주, 맥주, 청하 있습니다

오늘 단속 없습니다
네? 새벽 네시, 다섯시까지 영업합니다
오늘 단속, 없습니다

지글지글, 얍냡 쩝쩝, 글쎄, 이 사람아,
그게 아니란께 그러네! 내 말 좀 들어봐,
에헤, 그게 아니란께 그러네!

여기 골뱅이 쪼께만 담아 주소

국물 있으면 좀더 주고
에헤, 내 말은 그게 아니란께 그러네!

화장실은 뒤에 있습니다
열쇠 가져가이소
지글지글, 얍냠 쩝쩝, 꿀꺽
담배가 지금 다 떨어졌는데요

딱 한 병만 더 묵고 가입시더
아직 날도 안 밝았구만, 딱 한 병만 더 묵고 가잔께!
인제 됐십니더, 그냥 나가입시더
에이 씨발, 갈라모 마 혼자 가소

손님, 다섯십니더 날 밝았는데요?
오늘 출근 안 하십니꺼?
씨발, 좆같은 세상
담배 한 대만 더 픗고 가입시더

안주가 지금 다 떨어졌습니다
갈 길도 먼데, 이제 일어나시소

영업 끝났습니다

글루 가!
그냥 가입시더, 많이 취했심더
에헤, 이 사람, 내 아는 데 있단께 그러네!
거가 어덴교?
우엑!

반도일보

—21세기, 희망은 끝났다……
희망이 되지 못한 절망들은 곧바로 추문이
되어 저잣거리를 떠돈다
당신이 만약 좋은 사람으로 기억되고 싶다면,
좋은 일 딱 한 번만 하고
평생 집 밖 출입을 하지 말 것이다
반도일보 논설위원

사람들한테 너무 지친다
알고 봤더니 사람들은 남몰래 21세기의 주식을 열심히 사 모으면서,
겉으로는 희망의 빈털터리 행세를 하고,
아무에게나 주정을 부리며 시비를 걸고 다녔다
정작 중요한 일, 정작 시급한 일은 따로 있는데,
대통령도, 시장도, 국회의원도, 대기업 사장도 할 수 없는 사업을
지금 할일 없는 우리가 시작해야 하는데, 시간이 갈수록 촉박한데,
마주앉은 사람들끼리 화투패나 돌리고
돌아앉은 사람들끼리는 이 자식 저 자식, 밴댕이 속 같고
비좁은 도로마다, 비좁은 골목마다 사소한 시비들로 옥신각신

이 사람 발에 차이고 저 사람 손에 낚이고

정작 우리들이 꿈꾸는 삶, 우리들이 꿈꾸는 세상은 따로 있는데,

사람들이 너무 비틀거린다 비틀거리는 것이 습관이다

오늘은 소주에 비틀거리고 내일은 막걸리에 비틀거리고

어제 마신 술이 깨기도 전에 오늘 또 술을 권하는 사람들

외상 장부 블랙리스트에 오른 사람들이 너무 많다

한 일주일 술 딱 끊고 좋은 공기 마시러 뒷산에 오를 겨를이 없다

사소한 시비, 사소한 절망들이 잠시도 소매를 놓아주지 않는다

국민소득 만 불이 넘은 이 시대에,

김밥 싸 들고 시집 한 권 끼고, 소풍 나갈 여유가 없다

이 골목 저 골목 희끗거리는 희망의 꼬랑지를 뒤쫓고 있는 사이,

잠시 앞서 걷는 사람한테 지리를 물어보는 사이,

하루가 다르게 솟아오르는 빌딩숲, 하루가 다르게 새로 나는

길들, 하루가 다르게 개정되는 행정법, 뒤쫓아가기도 바

뿐 세상,

우리들의 희망, 우리들의 꿈은 이미 골조 공사가 끝났다
아무도 재건축 시정 명령을 못 내린다
문명은 21세기 제트 엔진을 달고
화성으로, 먼 은하계로, 거대한 현기증 속으로 날아오르고
덩그러니 날개 없는 사람들, 희망 없는 인종들만 남았다
남아서 암표거래를 한다 21세기 버스는 떠났다!
버스도 놓치고 돌아갈 고향마저 없는 사람들
사나운 맹수처럼 이 도시 저 도시를 엽기적으로 휘젓고 다닌다
머리 위로 우주왕복선이 날아다니는 이 시대에
지금 사람들의 핏발선 욕망, 막다른 골목으로 내몰린 적의는
가히 유사 以前이다

유치원 민주주의

가끔씩 내가 고향집에 머무는 동안,
결혼해서 애를 퍼질러낳고 사는 누나와 큰형이
조용하기만 하던 집에 조카 사단을 이끌고 들이닥치는 날이면,
나는 일찌감치 방문을 걸어잠그고, 식은땀을 흘리며
한바탕 아이들의 폭동이 잠잠해지기만을 눈꼽아 기다린다
아이들은 모두 옥타브도 가다듬지 않은 시끄러운 삼류 가수에,
쓸데없는 장난감이나 사달라고 보채는 지독한 낭비가,
온 집안을 구석구석 어질러놓고, 서랍이라는 서랍은 다 뒤지고,
값비싼 물건을 손에 잡히는 대로 못 쓰게 만들어놓으며,
먹지도 않을 음식을 아무 데서나 질질 흘리고 다니고,
돼지 새끼도 아닌 게 손에 잡히는 대로 입에 넣고 쫄쫄 빨며
이 방 저 방 가리지 않고 갈겨놓는 배설물들,
조금만 기분을 안 맞춰주면 집이 떠나가라 울음을 터뜨리고
때와 장소도 가리지 않는 고성방가에, 기초질서 문란 행

위에,
자기 외에는 그 어떤 것에도 신경을 안 쓰며
오직 자신만을 위해 존재하는 그 파시즘적 피안 속에 웅크려,
모성의 치마폭에서 단 한 발자국도 나오려 하지 않는다
오, 세상에 그토록 지독한 이기주의자가 어디 있으랴?
과연 이 무시무시한 유아성을 완전히 탈피한 어른들의 세계는 가능한가
정작 민주주의보다 더 중요한 일은
우리 모두 이 유아성을 완전히 탈피한 성숙한 어른이 되는 것,
그제서야 우리 모두 각자의 걸어잠근 방문을 따고 나와
방망이와 칼자루를 들고 있는 무서운 아이들의 복도를 수습하고
슬그머니 어른들의 광장으로 모여들 것 아닌가
시끌벅적 애들이 설치고 다니면
조용히 어른들끼리 모여 앉아 벌일 수 있는 일이 하나라도 있던가!
어른들이 나 몰라라 집을 비운 사이,
정치와 경제가 무기한 별거에 돌입해 있는 사이,

지금 제 세상 만난 악동들이
집안을 어떻게 난장판으로 만들고 있는지!
家長 없는 집안꼴, 대체 이런 게 사는 재미라고?
오, 세상의 바람난 어른들이여, 어서 빨리 귀가하시오들!

그 人間

그는 사나운 폭풍처럼,
이 지상의 한 모퉁이를 제법 할퀴고 지나갔다
그러나 그의 사활을 건 폭동이 부수적으로 일으킨
소란과 안면 방해, 뭐 그 따위 대수롭지 않은 것들로 인
해
단 한순간이나마 이 세상의 더러움을 씻어내고
청명한 대기를 올려다보게 해준 그의 고귀한 업적에는,
위헌과 이적성이라는 밑줄이 그어져 세간에 유포되었다
국익에 대한 그의 무정부주의적인 견해가
국익에 위배된다는 것이다
한바탕 전쟁의 마수가 할퀴고 지나간 자리
죽지 않고 새록새록 돋아난 풀꽃이
새로운 국화가 되어야 한다는 입지가 그의 정치적 견해
였다
정치적 권력은 항상 헌법을 자의적으로 해석하는
독단에 대한 권한, 막강한 군대와 검찰로부터 보위받는
여론의 음란한 성기였다(그것을 잡고 흔드는 자를 차마
눈뜨고 볼 수 없었던 점잖은 백성들이, 돌아서서 홧김에
잡고 흔든 건 정말 자신들의 음란한 성기였다)
민주주의 또한 그 독단 없이 자립할 수 있는 근거가 없

었다
민중이라는 근거, 그것은 무엇을 중심으로 모이느냐에 따라
천 갈래 만 갈래로 분산되는 단말마적인 태풍이었다
태풍의 중심은 고정되어 있지 않았고
기후의 변화에 따라 자연 소멸하였다
어쩌면 태풍의 그러한 성질이 태풍을 닮아가려는
새로운 실바람들에게 기회를 주는 것 같았다
국회의 개헌 논의와는 무관한 수많은 영웅들의 서사시,
뿌연 먼지 속으로 소멸해가는 그들의 뒷모습에서,
나는 비포장된 국도의 끝없는 연장을,
그 연장선상에서 세월도 없이 기립박수를 치는
이 땅의 푸르른 가로수들을 본다

서민층 둘

있는 사람들 같았으면
벌써 갈라서고 남남 됐을 사람들이
공중목욕탕에서, 이발관에서,
구멍가게에서, 동네 시장, 버스 정류소에서
집 앞에서, 집 뒷골목에서, 심지어 자식들까지
손에 손 잡고 등교하는 한 반이었을 줄이야……
복날 개같이 서로 어르렁거리며 얼굴 붉혔던 사이가,
오래간만에 숨통이 터져라 목청 높여본 그 자존심이,
아아, 이렇게까지 불편할 줄이야
이렇게까지 질기게 인격을 추적해올 줄이야
그 밤 내내,
상류층끼리의 화목이 TV 속에는 있던데,
그 그늘 없는 얼굴들이 그늘 없는 양지에서 깨가 쏟아지던데,
멋지게 악수하던 그 품위가
그치들에게는 자연스레 배어나오던데……
얼른 화해나 했으면, 하고 치웠으면 하는 그 속내가
정작 그 자연스러운 포즈를 찾지 못해
밤늦은 귀가길이면
슬슬 눈치 보며 피해다니는 그림자들, 자세히 보면

모두 똥 밟은 얼굴들, 자기도 자기 얼굴 쳐다보기 싫은,
밟힌 똥 또 밟은 얼굴들
똥물이 가까운 사이, 좁은 길은 왜 이리도 철벅거리는지
매일 밤 음지에 뜨는 달이 차라리 알밉구나
차라리 저놈의 집과
담장이, 한 치만 더 높았으면……
있는 사람들 같았으면
싸움도 되지 않았을 싸움을 가지고
없는 사람들의 불화는 왜 저리도 두더지 작전인가

어떤 권태
—잠시 쉬어가는 시 혹은
×에 거는 기대

벌건 대낮,
이웃집 옥상 빨랫줄에 널려 있는
분홍색 팬티 한 장.

그 부재의 알몸을 시위라도 하듯
바람에 나불나불……
어느 열이 많은 속살의 연장인 듯.

그 분홍빛 현기증에,
공기가 들어가는 고무 튜브처럼
슬그머니 팽창하는 아랫도리.

겨우 그 팬티 한 장을 보고
한 묘령의 여인의 추문을 캐내려 애쓰며
삼류 소설 한 편 써낼 수 있는 상상을 펼치는 이.

그것도 모자라,
그 팬티가 불결해지기까지의 전 과정을
조목조목 상상하는 이.

이웃집, 시 쓴다는 총각.

인격 훼손을 감수하고서라도
이 외설의 문학적 전통을 아직까지 고수하는 이.
그 총각 왈,

시는 인격도 품격도 아닙니다
시는 항상 시를 부인하는 모든 대상을 향해
결례를 범하는 것입니다
이웃집 옥상에 널려 있는 젖은 팬티처럼,
이 소용 없는 푸르른 청춘을,
개집 처마에 개털처럼 대롱대롱 걸려 있는 이 대낮을,
시인의 영혼에 詩가 들어차자마자
임신중절시키는 이놈의 세상을,
조용히 야유하는 것입니다
단지, 삼천원짜리 여자 팬티 한 장이
내 불임의 사상 속에 선명한 월경 자국을 남겨줍니다

그렇습니다,
내 ×이 하늘을 우러러 한점 부끄럼도 없이

오래오래 고개를 쳐들기 시작했습니다
아아, 지지리도 음란하게 생겨먹은 이놈은,
그 생김새에 비해서는 그리도 성스러운,
형이상학적 용도까지 지닌 몸이십니다
내 지성의 영원한 라이벌 격인 이 녀석을,
저는 그래서 거세하지 못하고
동업을 궁구하지도 못하고 있는 것입니다
이것 보십시오,
세상의 모든 지성이 한꺼번에 달려들어도 말릴 수 없는
이놈의 영원한 대물림의 눈물을,
아아, 저는 아직 사랑하는 이에게
우발적으로 권하고 싶지 않은 것입니다
모두들 그 사용법도 모르면서 과용하고 있는
이 神의 뜯겨진 선물을,
한번 뜯겨진 이상 다시금 밀봉되지 않는 이 꿀단지를,
아아, 저는 아직 사랑하는 이에게
감출 줄도 모릅니다그려……

벌건 대낮,
이웃집 옥상 빨랫줄에 널려 있는

저 분홍색 팬티 한 장

愛人들은, 저 속옷을 잠시 흔들다 지나가는 바람입니다

의자
—세대교체론

누워서 끙끙 앓고 있는 자에게 이성을 논하지 말라
얼굴을 파묻고 쭈그려 앉아 있는 자에게
이성을 논하지 말라
서 있는 자에게, 서서 무작정 달리는 자에게도
이성을 논하지 말라
더구나 엉금엉금 기어가는 자에게는
더더욱 이성을 논하지 말라
그들과 이성을 논하고 싶다면
그들에게 의자를 하나 내줘라, 일단 앉히고 보라
그들이 의자에 앉아서,
책상서랍처럼 정돈되어 있는 세상의 층층이
잘 보이도록, 적당히 차양이 쳐져 있는
세상의 완고한 질서가 슬며시 시야에 들어오도록,
반들반들 윤이 나는 명패로부터
침착과 품위를 배우도록 의자를 내줘라
그들은 의자에 앉자마자,
자신의 네 발 의자가 세상과 평형을 유지하도록
그 누구보다도 이성적이 될 것이다
그러니 아직 의자를 갖지 못한 자들에게
그렇게 침을 튀겨가며 이성을 논하지 말라

의자에 앉아서 슬슬 졸기나 하고
이상한 목록이나 작성하며 딴전이나 피우는 자들에게서
의자를 빼앗아,
그토록 의자 하나 갖고 싶어하는 자들에게
제발 자리를 내줘라, 얼른 내줘라
(그렇게 못 하겠다면 우리도 공공장소나
지하철 같은 곳에서 자리를 양보하지 못하겠다)
세상은 어차피 젊은 한때 잠깐 발붙일 수 있는 곳
미련을 갖지 말고 자리를 떠나라
룸살롱 외상값도, 자가용 월부금도 안 내도 좋고
몇 날 며칠씩 걸려도 정돈이 안 되는 서랍도
그냥 후임자에게 떠맡기면 그만, 누군가 이를 악물고
당신의 뒤통수를 노리기 전에 얼른 튀어라
의자에 오래 앉아 있다 보면 정말 별별 잡생각이
다 나고 오만 딴 짓거리가 하고 싶어 오금이 저린다
다 안다,
의자에 앉아서 슬슬 딴 짓하기 시작하는 자에게
의자는 이미 욕망의 안전한 체위,
이제 생 앞에서 마지막 남은 단 하나의 권력이란 것
흔히 기성세대란 신세대의 정정당당한 의자 뺏기 놀이를

의자 지키기 놀이로 변질시킨 집단이란 것을
의자에 앉아서 슬슬 노후를 설계하는 자들아,
제발, 의자를 내줘라!
의자에 앉아서 새로운 이성을 설계하려는 자들에게
얼른 의자를 내줘라!
의자를 비우고 공기 좋은 곳에 가서
가부좌나 틀고 사후의 세계나 설계하라!
세상은 이제 막 새롭게 살려고 하는 자의 것이지
노후를 설계하는 자의 것이 아니다

전날에 과음을 하고 난 다음날이면

—우리 시대의 범죄자들은 더이상 자비의 관용을 간청하던 그 무력한 어린애들이 아니다. 그들은, 반대로 어른들이며, 그들의 알리바이는 반박의 여지가 없을 정도이다.
알베르 카뮈

—그리고 우리는 범죄자를 체포할 권리가 없다.
단지, 범죄자를 끝까지 추적할 의무가 있을 뿐이다.

전날에 과음을 하고 난 다음날이면
나에겐 하루 온종일 의식의 홍수가 일어난다
온갖 기억의 잡동사니들이 제 저당 잡힌 세월을
한꺼번에 뛰쳐나와 함께 둥둥 떠내려온다
그 어떤 가책도, 양심도, 자기와의 약속도,
그 의식의 홍수를 막는 둑이 되지 못한다
가령, 술에 만취되면 그 동안 짓고 싶었던 죄를
한꺼번에 몰아서 해치울 수 있는 치기가 용두질친다
죄란 한번 범하고 난 다음이면 이미 죄가 아니다
훔쳐 먹은 음식에 물증이 남지 않듯이
죄에 대한 허기만 또 남는다 정들면 지옥이라고
누가 그랬던가? 염라대왕도 정들면 우리 아버지,
더 아프게 때려주시오!
당신은 실컷 아프고 난 직후의 열락,
죄악의 만찬을 베풀고 용서라는 소화제를 내미는

두 얼굴의 父性이오, 당신의 性器에 정들어
갈수록 점점 출입구가 확대되는 세상이란 말이오!
가령, 전날에 과음을 하고 난 다음날이면
나는 하루 온종일 수음을 한다 지금까지 수음보다
나를 깊은 열락의 나락 속으로 빠뜨린 여자는 없었다
현대인들은 모두 섹스의 大家들,
욕망의 악덕 포주들이지만 그것은 결국 각자의
공화주의적 수음에 열중했던 결과이다
지금까지 남자가 휴지통에 낭비한 정액만큼 여자들은
교묘하게 학대받았고, 통속문학이 성행했으며,
인류는 고의적으로 소아병적 놀이기구가 설치된
공원들로, 홍등가로, 섹스 백화점으로 내몰렸다
인류의 진화가 늦춰질수록 한몫 단단히 챙기는
야수와 같은 이익집단이 기어코 우리들 사이에 있다!
우리는 그들의 단독 질주를 자본주의라 부른다
가령, 나는 왜 내 다리가 차츰 가늘어지고,
가늘어지는 만큼 조금씩 음란해지며, 점점 도회화되어
가는지를 안다 그리고 왜 성수대교가 무너져내리고
삼풍백화점이 폭삭 주저앉았는지도 알고 그것을 미리
예견했던 모든 사람들이 왜 침묵하고 있었는지도

알고 있다, 대체 왜 이 도시를 지탱하고 있는 下體들이
점점 허물허물해지는지를 우리 모두는 너무도 잘
알고 있다! 죄가 현실화될 때까지의 긴장감,
그 實感에 대한 끈질긴 악몽, 우리들 모두의 공모된
고독은 여전히 있다 사람들은 모두 大罪 앞에서
작은 죄를 지을 수 있는 자유를 누리고
달콤한 죄악들을 발명하여 진열대를 가득 채우고
그것들에 민주주의라는 상표를 붙이고 있다
하지만 가엾은 죄인들이여,
우리들의 무죄는 이미 신경병이고
누군가의 결백은 이미 아름답지도 않으며,
그까짓 죄에 대한 용기는 누구에게나 있다
더구나 우리 죄인들에게 있어 가장 큰 불행은
죄라는 것이 실재로는 존재하지 않는다는
우리들 각자의 비밀 장부에 있다
아직까지 아무도 자신의 원죄에 서명하지 않았다
죄란 어리석음을 정지시켜놓고 본
그림에 지나지 않는다 그리고 그 정지된 장면을
오랫동안 지켜볼 수 있는 인내심이
이제 우리에겐 없다, 우리는 이미

우리들이 저질러놓은 죄의 속편을 준비하고 있다
현대인들은 모두 자신의 꿈속에서까지
이 사바세계의 활동 필름을 편집하는 영화감독이지만,
이제 아무도 고요히 정지해 있는 사물을,
그림과 소리가 없는 시간을 바라보지 못한다
우리들 스스로 자수할 수 없는 죄,
그것은 속도다 법과 도덕과 양심의 속도가 영원히
범죄의 속도를 따라잡을 수 없다는 것,
그것이 원죄다 미래는 속도를 창출하고
관리하는 자의 것 맹렬한 속도로 달리는 차 바퀴가
천천히 거꾸로 돌아가는 것처럼 보인 적이 있는가?
우주의 끝은 어차피 되감기다, 문명의 끝은
어차피 사막화이다 오아시스와 砂丘 사이,
현재와 미래 사이에 집 짓기, 실존과 이상 사이에서
선잠 들기, 어차피 좌표도 없이 우주의 끝까지
치달릴 거라면 '끝'을 믿지 않는 몇몇은,
최고의 속도, 최악의 충돌 뒤에 펼쳐지는
靜止의 우주를, 미리미리 탐사해놓자
가령, 전날에 과음을 하고 난 다음날이면
나는 슬리퍼를 질질 끌고 해장국집에 가서

아무 생각도 없이 신문을 읽는다
그 동안 신문과 나 사이의 거리에 틈입해 있는
그 허구의 헤드라인만을 찾아 읽는다
우리는 그 허구의 확대를 자유민주주의라 부른다
이윽고 김을 모락모락 내뿜는 해장국이 나오면
나는 내 육체와 해장국 사이의 거리에
계엄령을 선포하고 헥헥거리는 군견을 풀어놓는다
욕망이 부끄럽지 않은 세월이, 자꾸만 옆에서
땀을 흘리며 육수를 탐하는 내게 해장술을 권한다
마땅한 제스처도, 마땅한 직무도 없는 고통들,
그 사지도 없고 세월도 모르는 헛것들이
죽자살자 술만 권하고 술만 처마신다
아무도 죄가 부끄럽지 않은 이상한 정오에
논밭을 뛰쳐나온 소떼들이 우루루 해장국집 앞을 지나간
다

무언가

―나는 일주일에 한 번씩 눈물을 흘리지 않으면 눈빛에 살기가 돈다. 달지 않은 가짜 눈물은 오히려 영혼을 상하게 한다는 걸, 나의 눈물은 내게 가르친다.

무언가

내 안에서 물컹,
소용돌이치며 내 위를 상하게 하고
순식간에 목젖까지 차올라 염증을 만드는 이것,
울음도 되지 못하고
아무런 체위도 갖지 못한 어정쩡한 욕정 같은,
더럽혀진 허공을 향해
나의 입을 쩍 벌어지게 하는 이 것,

이것은 무언가

매일 밤 새 피부를 갈아입는 동정의 어둠 속을
성급히 조산의 피로 얼룩지게 하는,
이 천장 하나 뚫지 못할 한치 앞의 과녁들,
매일 똑같이 반복되는 그 환상들, 그 환상들이 파먹다만
상한 시간의 과일들만 깨물고 늘어지는 이 갈증,

이 더러움에 대한 향수는……

무언가

눈물은 금세 때묻은 옷소매,
그 천의 섬세한 결로 스며들고
한숨은 끊어지기가 무섭게 차가운 공기와 뒤섞이며
외마디 절규는,
사방의 시멘트 벽 사이로 스며들어
미세한 균열을 내고
그 아래로 약간의 모래 부스러기를 떨어뜨린다

무언가

몇 년째 무너질 줄도 모르고
미세한 금들을 무슨 훈장처럼 다닥다닥 소지한 이 몸,
나를 무너뜨리면
너와 함께 자멸하고 말겠다는
이 벽의 간교한 협박은,
차라리 날이 새도록 벽이 품고 있는

그 적량의 어둠과 나뒹굴게 하는
이 자웅동체의 내벽은.

대체 무언가

나른한 실내마다 선잠 든 여인들의 흰 피부,
그 정치적인 곡선과
그 무정부적인 熱度 사이를 남몰래 오가며
관짝의 아가리 속에 삼켜질 날만 기다리는
이 달콤한 가사 상태의 나날들,
분을 바른 여인의 싱싱한 시체 앞에서
불현듯 죽음보다 강한 욕정을 불사르고 싶은,
이 더러운 추상은!

밤길

내가 걷는 이 길은
언젠가 몇 번이나 지나쳐온 길 같다
그래, 기억이 난다
그러나 내가 언제 이 길의 처음으로 되돌아갔는지는,
궁한 내 기억이 어슬어슬 춥다

날 새면 꼬박꼬박 자고
그것도 아니면 술 처먹고 나자빠졌겠지.
침이나 흘리고 홍알홍알 잠꼬대나 하면서.

내 잠꼬대를 내가 들을 수만 있다면!

새벽 네시도 안 됐는데
우유 배달부가 갓 짜낸 신선한 우유를 오토바이에 싣고
엉금엉금 기어가는 내 그림자를 밀치고 지나간다.
아마도 저 우유가 지금까지 이 동네 아이들을
책임지고 살찌웠으리라. 그 아이들을 낳고 기른 여인들의
유방염까지도.

나는 잠깐 마른 침을 삼키고, 다시 땅만 보고 길을 걷는다.

걸려 넘어진 적이 있는 돌부리들을 너무 조심하였더니
그림자만 있고 하늘 한번 올려다볼 겨를이 없다.

어쩌면 오늘 걷는 이 밤길도
다시 이 길의 처음으로 되돌아가는 길일지도 모른다.
돌고 도는 이 길이 가장 먼 길인 줄도 모르고
언제나 가장 먼저 앞서가려는 성미 급한 허기가
저만치서 나의 발걸음을 재촉하고 있다.

내 허기를 내 스스로 채울 수만 있다면!

사랑 둘

—사랑은 진화다

연인에게서 육친의 정을 느끼기 시작하면
남자는 여자에게서 부성애를 느끼고 여자는
남자에게서 모성애를 느끼며 그 둘 사이에
더이상의 심장 뛰는 성적 긴장은 없네
없어도 좋네, 거기에는 연인의 살〔肉〕만큼 깊고 투명한
슬픔의 저수지, 그 잔잔한 수면 위에 띄운
나룻배 한 척만 조용히 일렁거리네
적어도 사랑이 욕정 속에 있을 때는,
정말 진하게 화장한 얼굴이 더 고와 보이네
욕정 속에 드러나는 힘찬 산보 길이 지치지 않고 보이네
달도 없는 캄캄한 밤에도,
발정난 노루처럼 천리안이 열린 듯 쏘다니네
하지만 이제 성적 긴장을 되찾기 위해
서로 다른 골목길을 헤매이는 그런 젊은 날의 알코올리즘이,
그런 돈 많이 드는 청춘이, 다 부질없네
세상의 그 모든 여자들의 가슴속에는
단 한 분뿐인 나의 어머님이,
실 끝에 마른침을 바르고 아른거리는 바늘귀를 찾고 계신

나의 노모가 앉아 계시네
사소한 일에도 곧잘 우시는 나의 노모가
흰 소복을 입고 앉아 계시네……
아아, 내 어찌 그분의 치마를 들추고
속곳까지 파고들겠는가……
아아, 나의 젊은 날은 이제 상투를 뒤집어써야 할 건가
부지런히 또다른 욕정을 구걸하러 돌아다닐 건가,
근친의 가옥 한 채를 지키고 선 병정이 될 것인가……
아아, 앓아 누운 사랑의 열병은
낭떠러지에 핀 산수유 열매만 아른거리네
꿈속에서도, 코끝이 시큰거리는
안개 속의 포도밭만 헤매이게 되네
아아, 껍질에 싸여 있을 동안만 달디단 과육,
담 너머에 있을 동안만 여자 같은 여자들,
아지랑이 속내를 유혹하는 향긋한 분내음들……
사랑아, 사랑아, 결혼하지 말자
사랑아, 사랑아, 이혼하지도 말자
연인에게서 육친의 정을 느끼기 시작하면……

TV 인간

–두통약 몇 알로도 해소되지 않는 날 선 이미지들이 내 두개골과 흉부를 난자하고 있다는 느낌, 그 이미지들 속에는 허무에 대항하는 맹독 같은 게 퍼져 있는 듯, 그 맹독을 해독해줄 또다른 이미지들, 또다른 맹독에의 갈증을 부른다. 바닷물에 중독된 물고기처럼.

–TV는 이미 그 문화적 중요성과 유해성의 논란을 떠나서,
인간의 뇌 구조와 신체의 배열을 조금씩 변화시키고 있다……

모든 이의 첫사랑의 상실 속에 들어선 이 문명, 에덴 언덕의 부실을 확인하기도 전에 성급히 포크레인으로 파헤쳐서 세워진 이 도시들, 王 이상의 욕망도, 거지 이하의 전락도 없는 이 해묵은 양식의 유산계급에 안주한 채, 우리는 시초와 종말의 악취로 뒤범벅인 진흙 바닥으로 밀려나지 않기 위해, 오늘도 미끄러운 대리석의 계단들을 부리나케 오르내리는 시지푸스의 후예들, 또 그들의 구두 밑창이나 눈여겨보는 밑바닥 청춘들은, 각자의 격리된 방에서, 대리석에 반사된 오만 가지 빛깔들의 굶주림을 핥고 있다

제 몸을 깎아서 만든 이 도시의 흉상들 속에 자신의 초상을 하나 세워두기 위해, 보라, 이 도시 속에도, 얼마든지 과거의 영웅들의 흉상을 허물고 자신들의 흉상을 세워가는 새로운 영웅들은 있다 과거의 영웅들보다 더 멋들어지게 정의를 실현하는 배우들, 가족보다 더 가족 같고, 친구보다 더 정다우며, 애인보다 더 친밀스러운 안방 스타들, 더구나

첨단의 성형수술로 실현된 저 관능의 표상들이, TV 속에, 영화 속에 얼마든지 있다, 우리들은 언제 자신의 영웅심을 이 공화국의 멋들어진 배역으로 캐스팅될지 이 기회의 시대에 남다른 기대에 부풀어 있다!

아아, 도심 뒷골목에서의 우리들의 짧은 만남, 우리들의 주말 연애는, 그러나 TV 드라마보다, 라디오 오락 프로그램보다 얼마나 더 비현실적이며 얼마나 더 상업적인 것인지! 삶이란 대체 무슨 재료로 튀기고 볶고 삶은 만찬인가? 여전히 TV 소리에 귀를 기울이며 부엌 조리대 앞에서 허둥대는 몸짓들, TV 앞에서 시각적 포만감에 취해 한없이 늘어진 부동의 사지들, 우리는 이미 법 없인 살 수 있어도, TV 없이는 살 수 없게 된 이미지의 벌레들, 세련된 시청각 교육이 제시한 총체적인 삶을 꿈꾸며 다채널, 다각도의 훔쳐보기에 중독된 채, 영혼의 바닥에는 이미 메울 수 없는 욕망의 기포가 끓어오르고, 세계를 송두리째 삼켜버린 고래의 뱃속처럼, TV는 인간이 상상할 수 있는 그 모든 환상들을 브라운관이라는 절대의 체로 걸러서, 시시각각 풀 길 없는 의혹만을 불러일으키는 동화상의 그림들을 시청자들의 눈이 멀도록 마술 스프레이가 되어 좌악 뿌려준다, 가상전쟁, 현장 보도, 위성중계, 사건 재생, 대역 가명, 모두가 단 하나의 전망 속에 야기된 현실에 눈이 멀어 있는 사이, TV는 평화의 리본을 단 비둘기떼로 변신하여 날아오른다

우리는 이미 첫사랑이라는 단어가 구약성서에나 나오는 줄 알고 있는 성서 밖의 유다들, 곡괭이 대신 리모컨을 들고 황무지와 산꼭대기에 안테나를 세워 올린 TV 인간들, TV나 라디오 카세트의 원산지는 달달 외우면서, 이제 꽃들의 원산지는 하나도 모르고 난시청 지대에서 자라는 희귀식물들은 더더욱 알지 못하는 TV 속의 외계인들, TV 가시청권 안에서 조종되고 있는 무선 로봇들!

도구 없는 근육들, 망막 헐린 시선들, 욕망 앞의 결가부좌, 꼭두각시 성기들, 지문의 회랑을 돌고 도는 흔해빠진 운명들, 입술 없는 말들, 더러운 침이 고인 침묵들, 불신의 갈비뼈 속에 갇힌 수인(囚人)들, 각자의 호르몬을 과잉분비하는 남녀들, 아아, 나날의 욕망의 고압선에 전선가닥처럼 어지럽게 뒤엉킨 사지들, 24시간 종일 방송이 시작되면, 우리들의 오랜 불면증, 그 잠재된 광기는 또 하나의 미쳐 돌아가는 밤의 공화국을 완성하리라, 동해물과 백두산이 마르고 닳도록 지속될, 시청자 군단이 장악한 공화국을.

섀도우 복싱

—세상은 이제나저제나 패배한 자들,
영원히 은퇴한 자들이 우리에게 내어준 보금자리
아름다워라, 영원히 퇴장하는 이의 뒷모습……

복잡한 인간 관계에 잽 연타를 맞고 코너에 몰리더니
생계를 위한 밥그릇 싸움에 그로키 상태에 빠지고
순정을 다 바친 연애에 결정적인 KO 펀치를 맞는다
허수아비처럼, 이미 몸과 마음이 바닥에 꼬꾸라진 자들,
꼬꾸라진 채로 세상에 소용이 닿는 자들
원, 투, 쓰리, 포……
젖 먹던 힘까지 다 짜내어 몸을 일으켜 세우면
어깨 한번 부딪쳤다고 이빨을 갈며 째려보는 타인과,
몇 분 지각했다고 인격을 저울질하며 혀를 끌끌 차는
직장 상사와, 한눈 한번 팔았다고 손수건으로
이별의 눈물을 훔치는 애인이
일제히 아귀처럼 달려들어 머리를 쥐어뜯는다
이게 아니야, 이런 게 아니었어
내 영혼의 맷집이 이 정도인 줄은 나도 몰랐어
내 대신 기권 수건을 던져주는 인생 코치도 없이
심판도, 왕진 의사도 없는 이 날쌘 그림자와의 격투장
슬슬 뒷걸음질치기 시작하는 나에게 들려오는 야유소리
만만한 적수를 골라 1회전부터 다시 시작할 기력도 없고

이 생존의 링 밖으로 미련없이 뛰쳐나갈 수 있을 만큼
꼬불쳐둔 돈도 없다 여기서 쓰러지면 끝장이야……
쓰러지면 굴욕과 불구의 상처만 기다리는 낙오병이야
슬그머니 세상에 클린치하면서 기력을 충당하고
조금씩, 들키지 않게, 순식간에 반칙을 해나가는 거야
정작 사람들이 나에게 원하는 건 반칙 한번 안 하고
최후의 휴머니스트라도 되는 양 학대받은 눈빛으로,
허공에다 헛손질만 해대며 실컷 두들겨 맞기만 하는,
제2의 김득구, 제2의 혼수 상태가 되는 게 아니야
그들이 진정으로 원하는 건, 너라도 한번 시원하게,
한방에 날리는 것, 통쾌한 한판승이야! KO라구!
아아, 그런데 대체 무엇을 KO시키지? 무엇을 KO시키기 위해 이를 앙다물고 일어나야 하는 거지?
대자로 뻗어 누워서 보는 이 핑그르르 도는 하늘이
원래의 하늘, 원래의 빛깔로 회복될 때까지
이렇게 마냥 누워 있으면 안 되나……
잠시라도 누워 있으면 死體나 부랑자 보듯 하는 세상,
못살겠다고 신음 소리 내는 건
무엇이나 산이나 들로 갖다 내버리는 이놈의 도시!
오냐, 한번 붙어보자, 이놈의 세상, 슬슬 오기가 난다

세상은 어차피, 주르르 흘러내리는 코피와 진땀을 닦고
끝까지 자신의 패배를 인정하지 않는,
재기와 재기를 거듭하는 베테랑들의 각축장
든든한 빽 없이는 명함도 못 내미는
프로모션들의 뒷거래 현장
한번 치고 빠지겠다는 아마추어들, 이런 식으로는
더이상 못 해먹겠다고 엄살부리는 약골들은,
애초에 발붙일 데가 없는 곳이다
그래도 끝까지 한번 밀고 나가보겠는가?
이까짓 좆도 아닌 인생, 끝장을 한번 보겠는가?
이 질척거리는 밑바닥 인생 속에서
자신의 근성을 자신이 후원하지 않으면 대체 누가
그로키 상태로 비실거리는 자네를 일으켜 세우겠는가
자, 이제 무력한 개인이라는 웅크린 자세를 좀 고치고
'욕망'이라는, 후원회의 큼직한 마크를 등짝에 달고
그까짓 소용도 없는 관중들쯤은 의식하지 말고
자, 일어나게, 파이팅!

생명의 깃털

뒷산에서 예까지 날아든 민들레 홀씨
그 가비야운 비행은
정확하게 내 방 휴지통 속으로 들어갔다

한번 날아오르면
영원히 착지할 곳을 찾을 수 없는 이 지상에서
이제 아무도 용을 써서 날아오르려 하지 않는다
날개 없이 날으려 하는 것들에 대한
이 지상의 오랜 사형선고 ;

'무게가 없는 것은 생명도 없으리라'

이 화려한 중력의 공화국에서
무더기로 반환된 날개들은,
저 교활한 난쟁이들의 피묻은 깃털 장식으로나 동원되고
태어나자마자 영혼*이 거세된 사람들,
조금만 바람이 불어와도,
자신도 몰래 날개를 파닥거리던 영혼들이
이제 욕망의 난지도, 바글거리는 시장마다
기름에 젖은 통닭구이처럼 번들거리는구나

모피를 두른 통닭들, 정장 차림의 통닭들,
볏을 흔드는 통닭들, 군모를 착용한 통닭들,
생돈까지 들여서 바베큐의 피부빛을 만든 통닭들,
맛나는 모이를 주워먹기 위해,
눈부신 축제의 닭장으로 우르르 몰려가는구나

이 나날의 먼지와 흩날리는 깃털의 난장판 속에서
날 수 없는 나날에 대한 피맺힌 절규,
새벽 단잠을 깨우는 그 장닭 한 마리 없구나

'외치지 못하는 자에겐 자유도 없으리라'

대체 모두들 그 어떤 달콤한 유혹에 넘어갔기에
이렇듯 자유를 외치는 목소리가 하나도 들리지 않느냐

* 나는 '영혼'이라는 단어를, '위기에 몰린 생명' 즉 '목숨'이라는 격리된 실존을 형이상학적으로 확대해서 다루려는 의도로 즐겨 사용한다.

부적

강 건너 밤하늘
마실 수 없는 은하수
은하수를 되비추는 江
강바닥에 수북이 쌓인 인골들,
연어떼의 길목을 막는 녹슨 잡동사니들
내 마음의 性器를 꽉 조이는
혈통의 고리
이 늘어나지 않는 고리 밖의 아무런 세계들
정수리 속으로 시원한 쇳물이 부어지듯,
夕陽 무렵 정지된 江天만이
이 끝없이 이어진 마음의 사슬을 녹여준다
내 골수 속의 띠끌만한 眞空이
사방 천지, 실감의 뼈들을 녹이는 마야를 일으킨다
실감하면 실감할수록 더욱 갈증나게 하는 오아시스
한 방울의 물맛을 알게 하려고
사막은 있다, 사막은 있다
바위의 갈라진 틈 사이로 돋아난 풀들
바위 속의 잠든 리비도를 자극하는 뱀,
산짐승, 들짐승 가리지 않고 가시덤불로 불러들이는
뱀딸기 향기, 한낮 내내 채울 수 없는 허기로

뱅뱅 도는 숲속, 해괴한 문신을 한 꽃들에 취하고
이상야릇한 연기가 피어오르는 소굴마다,
지울 수 없는 기름으로 번들거리며
회복할 수 없는 체위들로 뒤엉킨 육신들
이곳은 이미 옛곳, 동굴로 들어가자
서둘러 동굴로 들어가자
목덜미에 피를 쏟으며 미쳐 날뛰는 개와 돼지들
밤이슬에 목을 축이려 스산대는 잡풀들,
독기를 품은 어둠이 살아 있는 짐승의 간을 파고들 때,
섬뜩한 殺意를 실은 바람,
방향도, 위치도 없는 本能의 억센 갈퀴들이
깊은 꿈속의 도랑에 빠진 사지들, 실체가 없는
무상한 형상들을 순식간에 난자한다
이곳은 이미 짐승들의 서식처, 높은 곳으로 올라가자
어서 빨리 높은 곳으로 올라가자
잠들 수 없는 밤의 정신들이
피에 굶주린 수천 수만의 박쥐들의 습격을 받고
새벽이 오기 전에, 땅속에서는
독가스를 품은 안개가 스멀스멀 기어올라온다
부적도 소용없다, 숲속에도 피난처가 없다

높은 곳으로 올라가지 못했을 땐,
물웅덩이에 코를 박고 죽어라,
죽기 전에 딱 한번 너의 얼굴을 들여다보라
처음이자 마지막인 그 얼굴 가죽 속에
네 얼굴이 아닌 그 모든 얼굴들이 울고 있으리
곧이어 가뭄이 들고 해갈되지 않는 마른 땅 위에
독사들과 독충들이 떼지어 다닐 때, 금수들의 근친상간과
근친살해의 본능이 밤마다 울부짖고, 변태성욕으로
내모는 나날의 채찍들, 썩어 짓물러진 성기들로부터
죽음만이 죽일 수 있는 전염병이 분사된다
만리장성처럼 늘어진 주검들만이 국경선을 이루고
육체가 살 수 없는 불바다에서 고래의 뱃속에 갇힌 심장들,
걷어낼 수 없는 비닐로 코팅된 영혼들이
그리운 옛날을 생각하며 노예의 합창을 한다
강가로 가세, 강가로 가세
강물이 마르기 전에 강가로 가세
강물에 떠가는 달이
강둑까지 쫓겨난 목숨들을 바다로 인도하리

몸도 살고 영혼도 사는 바다로 인도하리
강 건너 밤하늘
마실 수 없는 은하수가 보일 때
은하수를 되비추는 江은 흐르네
강가로 가세, 강가로 가세
강물이 마르기 전에 강가로 가세
강물을 다 마셔버린 고래의 뱃속에서
너와 나 양편을 갈라 노를 젓네
바다로 갈 수 없는 忍苦의 불바다에서
오늘도 쇠골로 만든 노를 젓네

거대한 바퀴

—세상은 자기만 안 보이는 어떤 대형 거울이다

사람들은 각사 저마다의 중심을 가지고 있다.
아마도 그 중심을 한 줄로 꿰고 나면
일국의 대통령도 어쩌지 못할 백팔염주가 되리라.

문제는 그 백팔염주를 돌리며 염불을 하는 것이
이제 부처의 자비가 아니라, 사리사욕에 눈먼 자본가들과
권력에 눈이 먼 정치가들이라는 데 있다.
그들의 마수와 같은 손아귀가 얼마나 염주를 돌려놓았던지
돈독이 오른 손때에 탈 대로 타서 얼마나 반들반들해졌는지
사람들은 언제부턴가 생명에 대한 연민과 자비심을 잊고
부와 권력의 우상을 세우기에 급급해졌다.

그 이유인즉슨, 자신들의 중심은 언제나
누가 돌리느냐에 달려 있다는 것이며,
어차피 삶 자체가 無에서 무로 사라질 운명이라면
어떤 힘에 의해서건 굴러가기만 하면 되지 않느냐는 것이다.

나는 지금도 굴러가고 있는 그 바퀴 소리를 그렇게 들었다.

간이역에서

—이 문명은 처음에 '0'으로부터 출발하여
지금의 과도기인 '9'에까지 다다랐다.
우리는 다시 그 애초의 '0'과 사귀지 않으면
'9'에서 '10'으로 진보하기가 불가능하다.
'9'가 자신의 '0'을 저버릴 때, '9'는 그 자체의
불균형에 의해 '6'으로 뒤집어질 것이다. '6'은
아무리 봐도, 제 심장에 제 독침을 찌르고 있는
전갈 모양이다.

들판을 가로질러
어느 산모퉁이에서 사라지는
線路.

가까이 다가가서 보면
무수한 이음새들로 연결되어 있는
點들.

그 분리되어 있는 점들을
하나의 선으로 활용하고 있는 것이
바로 우리가 살고 있는
世界,

복잡한 산술을

단순한 기하학적 도형으로 응집하고 있는
고도 문명.

그러나
이 치달리는 문명화를 가능하게 하는 것은
오직 애초의 점들이 살아 숨쉬는
自然.

이미
들판을 가로질러
영원히 되돌아오지 않을 기세로 달려가는
저 편도행의 꿈들.

날개의 역사

—중력은 이 지상의 가장 오래된 권위다
이 권위마저 청산해야 할 임무가 시인에게는 있다……

고통은 일부 이자처럼 맨날 독촉해오고
기쁨은 날아가네(날아가지 않아도 사라지네)
날아가는 기쁨을 잡을 수 있는 손마저
우리의 손이 아니네
고통이 늘어가는 삶의 무게라면
기쁨은 자라지 않는 날개,
그 누구에게도 도달되지 못하는 사연을 담은
그런 슬픈 종이 비행기네
더이상 날기를 포기한 영혼은
갈수록 앙상해져가는 날개의 근육이 수치스러울 뿐
이 지상에 강한 종족으로 살아 남기 위해,
생존 투쟁을 위한 뿔과 고통의 우람한 근육을 키우네
날 건드리면 자네도 다치지,
날 모욕하는 순간 자네에겐 적들이 생기네
다시 한번 생각해보게, 날 지금 린치하겠다면
자네는 내일 아침 변사체로 발견될지도 모르네
아아, 나에게 망설이지 말고 아침과 비굴을 보이게,
그러면 내, 노파심으로 자네를 주선해주겠네

더이상 날개의 언어, 비상의 역학 관계는 없네
우리들 신뢰의 눈빛은 조만간 누전이 되어 타버리고
우리가 전에 한번 나눈 악수는,
조만간 씁쓰름한 스캔들이 될 걸세
우리는 각자 角이 진 미로를 돌며 마주치자마자
허겁지겁 등을 보일 뿐, 우리들의 인연은
미로 상자를 헤매이는 실험용 쥐와 같고
우리들의 욕망은 이미 악취를 풍기며 썩어 있거나,
탁자 위를 데구르르 굴러가는 계란의 운명과도 같네
우리들 지성의 순발력은 더이상 떨어지는 달걀을
순식간에 낚아챌 절박함이 없고, 우리들의 양심은,
한푼도 깎지 못하겠다는 장사꾼의 심보에
단 한푼의 에누리도 용납하지 않겠다는
소비자들의 굳센 결의와도 같네
아름다운 소비자들의 천국,
우리들 기쁨의 가격은 10원에서 무한대
우리들 고통의 가격 또한 10원에서 무한대
땡전 한푼 남지 않는 생애의 결산을 보면
그것이 얼마짜린들 무슨 소용이런가
내, 자네 인생의 예고된 파탄에 1달러 걸지

한 사람의 추락한 영혼,
단 한 사람의 슬픔 하나 들어올리지 못하는 세상이
지구를 들어올리려고 날개 잃은 인류의 등짝을 채찍질하네
민주주의는 채찍질을 사탕발림으로 바꾸었고
자본주의는 각 가정마다 똑같은 판도라의 궤짝을 배달했으며
과학기술은, 날개 잃은 영혼들을 무기한
거대한 가상현실의 울타리 속으로 몰아가네
철문과 담장 대신 끝없는 심연으로 가두어놓은 감옥,
어쩌면 날개를 영원히 되찾을 수 없는
달콤한 지옥의 기름 속이 될 거네
(헌법이 보장하는 아수라장일세)
신으로부터 추락한 만큼 높은 곳까지 쌓아올리려는
인간의 무모한 바벨탑 쌓기,
그 날개 잃은 공허감은 달을 정복하고도 채워지지 않았네
자네, 아직도 날개에 대한 털끝만큼의 미련이 남아 있다면
이 지상의 벼랑 끝으로 가게

그 벼랑의 높이가 자네 날개의 폭과 길이를 재어줄 거네
권태로운 아이가 잠자리와 나비의 날개를 짓이겨버리듯
이 세상엔 자네의 날개를 짓이겨버리지 않고는
성에 차지 않는 그런 惡이, 기어코 자네의 실존에
시비를 걸 것이네 꽈배기처럼 비비 꼬인 선악의 是非,
그것을 풀 수 있는 열쇠는 이미 선악 속에 없네
(없으니 환장할 노릇이지!)
아무 노래나 반복 후렴에 곧잘 익숙해지는
우리들 영혼의 오선지는, 아직도 나는 법을 잊지 못해
온갖 날갯짓의 뉘앙스에 정신을 팔고 있네
직립보행을 할 때부터 주어진 '날개'라는 공안(公案)이
우리들의 영혼을 홀리기 시작한 것도 어언 수만 년이 흘렀네
최초로 나무에서 떨어진 원숭이가 직립보행의 시조이듯이
우리는 날기 위해, 그 무엇도 추락시킬 수 없는
높이에까지 날아오르기 위해,
직립보행에 적합한 육체가 더이상 살 수 없는
그런 나라, 뒤돌아볼 과거가 없는
그런 영원의 빛 속으로 떨어져야 한다네

아아, 우리들의 기쁨은 매순간 그리로 날아가버리네
(날아가지 못해도 그리로 사라지네)
환상도, 몽상도, 상상도, 예상도, 가상도, 추상도 아닌
바로 그 진상을, 우리에게 주어진 그 본래의 현실을
이제 받아들이세 신이 창조한 현실이
인간이 건설한 현실보다 못할 건 없을 거네
우리는 이미 우리가 살기에 부적합한 세상에서
너무도 적법한 절차로 살고 있네!
(무질서보다 못한 질서에 우리는 박수를 치기 시작했고)
신과 인간 사이, 삶과 죽음 사이, 우리의 무질서를
개량하고 구원할 수 있는 그런 꿈의 나라,
그런 완전한 문명은 영원히 도래하지 않을 거네
(내, 나의 이 호언장담에 1달러 또 겁세)
우리의 육체는 한 시대에 적합하고
우리의 영혼은 영원의 빛 속에 적합하니
그 양자의 조율은 자네 삶의 몫으로 남네
그 잘 조율된 악궁, 그 악궁의 울림이
우리들의 가장 힘겨운 善일지도 모르네
아직도 날개 비비는 소리가 나는 영혼들(그들에게 축복

을!),

나는 그들의 눈빛 속에서, 썩은 死卵의 악취가 아닌
꿈틀대는 생란의 향기를 맡네
우리들의 고통은 아직도 천년의 역사를 넘나들고
우리들의 기쁨은, 아직도 나이 한 살 먹지 않은 0살이네
온갖 고통의 대가로 상속받은 재산 1호를 훌훌 털어버리고
이제 우리, 빈손으로 기쁨을 나누세
(아아, 그렇게 할 수 없다는 데는 내, 1달러 걸지 않겠네)

잉어

연못 속에 빠알간 얼룩무늬 잉어가 한 마리 산다.
때아닌 손님을 반겨주려는 듯, 연못의 수면에
언뜻언뜻 드러나는 잉어의 탐스런 등허리는
내 욕망의 은밀한 입질 같다.

―그놈 참 조심스럽구나―

햇살에 반짝거리는 반투명의 비늘은
가지런히 황금빛을 노닥거리고,
유리알처럼 단단한 물방울들을 퉁기고 놀며,
제 몸을 둥둥 띄우는 기분 좋은 부력 속에서
어슴푸레 무아지경으로 고여 있다가도,
내가 조심스레 다가가 던져주는 빵 한 조각에
의심도 없이 달려드는 그놈의 집요한 본능은
얼마나 예쁘기까지 한가.
물살을 가르자마자 다시 그만큼 채워넣으며
온몸에 자신의 연못을 잔뜩 그려넣은 채,
잉어는 또 물 속을 고요히 관통해간다.

―제 몸을 겨누는 궁사와 같이―

나긋나긋한 은비늘의 아가미와,
굵다란 꼬리의 힘찬 뉘앙스가 만든,
제 현존의 투명한 반경 속에서
잉어는 행복스런 방심을 누리며,
기억 따위 염두에 두는 법이 없다.
그러니 쉴 새 없이 물을 삼켰다 뱉었다 하면서,
잉어는 지루해하는 법도 없이
자신의 생존을 흥겨이 가지고 놀 줄 아는 것이다.
그 어떤 신비가 자신의 결함을 끊임없이 간지럽히듯
제 나선형의 몸뚱어리를
그 부드러운 심연의 굴곡 속에 말기며……

―이런, 매일처럼 소풍을 떠나는 이―!

아무리 심술궂은 파토스의 거친 바람이
연못의 잔잔한 수면을 물컹 흩트리며
그 투명한 속을 헤집어도,
영원한 생명의 도락에 몰두해 있는 잉어는
연못의 푸른 香油를 감싼 채 분리되지 않는다.

가끔씩 잉어의 변덕스런 뒤척임이,
그 휘어진 옆구리의 관능적인 장난이,
수면 위에 주름진 파문의 확산을 둥그렇게 그리며
주름잡힌 시간을 언뜻 제자리걸음치게 만들고,
한없이 온화하고 수줍은 듯 맑은 물,
그 영원의 약속이 속살거리는 살〔肉〕들의 부빔 속에서,
잉어는 투명한 물살을 연속의 힘으로
부서뜨리고 결합시켜갈 뿐. 존재하는 모든 것은
하나의 나르시스처럼 군집하려는가……

—오 칼로 물을 베는 내 정신은 자꾸만 산 채로
너를 해부하고 싶다, 피 한 방울 안 나게시리!—

잉어는 정적한 물 속의 완전히 은폐되고 동시에
완전히 드러나는, 존재의 빛나는 앞면이자 캄캄한 뒷면인,
제 머리와 꼬리를 두루뭉실 하나로 저어간다.
물 속을 헤엄치는 한 물살, 시간의 겉과 속을 순환시키는
존재의 푸른 몸부림, 미지의 궤적으로부터 생애의 실을

짰다가 풀었다, 당치도 않게 풀무질하는 너는,
도무지 확인되지 않는 존재의 부호……
잉어여, 너는 언제까지 깨어 있는 열반의 잠 속에서,
상처받은 살점과 같은 두 눈을 감으려는가.
갑자기, 집도중인 연못 속에 잉어가 최후의 고통처럼,
사라진다. 물과 빛깔과 야릇한 움직임만이 마치,
부풀어오른 죽처럼 한데 어우러져 힘차게,
소용돌이치고 있다……

—잉어는 어디 갔을까?—

그놈은 이미, 자연이 두른 두 겹의 보호색 속에
몸을 가린 채, 나른한 조화 속을 이리저리 둔갑하며,
제멋대로 숨고, 또 나타난다.
잉어는 마치 우리가 영원히 안주하고픈,
그 悅樂의 은밀히 열려 있는 통로를 아는 듯하다.
온몸이 그 태평천국의 소식에 배불리 취한 듯
내 앞에 불쑥 나타나 그 이국의 榮華를 그려주고는,
또다시 그 뭉뚱그려진 환영의 실타래를 물고
부지불식간의 입구를 거슬러오른다……

—잉어가 웃고 있는 것을 보는 자는 참 얄궂어라,
사상적으로.—

연못 속의 잉어는 감미로운 햇살과,
기다림의 보복처럼 너무도 가끔씩 뿌려대는 비.
그리고 지나가던 길손이 던져주는 아름다운 우연만으로
충분히 무전취식하고 사는, 공짜로 행복한 貧者이다.

—영원한 물의 욕망처럼,
잉어는 그렇게 부처의 왕성한 불알 두 쪽을
자유로이 오간다.—

■ 해설

마피아의 눈

허 혜 정(시인, 문학평론가)

1. 시와 코미디

보들레르는 「근대 생활의 화가 The Painter of Modern Life」(1863)에서, 이상적인 삶의 스타일로서의 댄디즘(dandyism)을 강조하고 있다. 그것은 온갖 세속적 계산에서 벗어난 일종의 자기 숭배적인 사상이다. 속물적인 민주주의를 혐오하는 무정부적 관능주의자, 혹은 무지한 대중의 권력을 조롱하는 귀족주의자는, 보들레르가 우아하게 조각해낸 예술가의 초상을 단적으로 보여준다. 인간의 고상한 부르주아적 허식들에 격분했던 보들레르처럼, 주종환 또한 세기말주의자들의 계보를 좇아 도시 생활자의 점잖은 체위를 조롱한다. 그의 주된 시공간인 '도시'라는 것은, 자본주의의 온갖 악덕에 의해 더럽혀진 세계의 알레고리이며, 추악한 현대인의 속물적인 근성을 탄핵하기 위한 전략적 공간이라 할 수 있다. 도시의 귀퉁이에 옹색하게 웅크리고 있는 시 속의 화자는 이 속화된 세계를 비판적으로 해부해가는 일상의 탐색자로서의 목소리를 가능케 한다. 언제나 시인이란, 시대의 가장자리에서, 세계의 질서와 가치들을 회의하고 반역하는 일탈성을 그의 운명으로 가지고 있는 것이지만, 주종환 시 속에서 발견되는 일종의 자기 초상적인 아웃사이더들은, 막강한 자본과 이념의 전열을 갖추고 그를 공격하는 세계에 대한 시니컬한 성찰과, 그에 대한 저항의 방식으로 세계의 외곽을 점유할 수밖에 없는 시인의 힘겨운 현실을 동시에 반영해주는 것이라 하지 않을 수 없다.

주종환의 시에서 때로 지나치게 격앙되게 들리는 풍자와 유머는 세계의 모순과 허위성을 까발리기 위한 전략의 하나라고 볼 수 있다. 그것은 때때로 '코미디'에 가까운 조롱기와 신랄함을 노출한다. 코미디에는 언제나 아이러니라는 덫이 설치되어 있다. 아이러니는 독자에게 웃음을 유발하지만, 그것은 단순히 웃음이 아니라, 비평적인 야유와 맞닿는다. 주종환의 시에는 두 겹의 아이러니가 장치되어 있다. 첫째는 시의 대상 자체에서 발견되는 아이러니며, 둘째는 그 대상과 주체의 거리에서 오는 아이러니다. 우선 첫번째 아이러니에 대해 생각해보자. 고매한 근대의 신화가 건축해놓은 도시라는 공간은, 자유경쟁이라는 가면을 쓴 소시민의 난투극들, 지성의 허울을 쓴 동물적인 무지함, 정의라는 수사를 덮어쓴 권력의 독재, 자본주의의 수사학을 배워 '행세'해보려는 속물들로 가득한 '웃기는' 세계이다. (그래서 시인은 '근대 생활의 우아한 화가'가 아니라 '현대 생활의 삼류 풍속화가'로서의 면모를 과시하는 것일까?) 시인은 이 시집에서 적나라한 욕망의 광경들을 원색적으로 그려낸다. 그것은 바로 이 근엄한 도시를 만들어낸 추악한 문명의 밑그림이며, 도시라는 공간의 생태학적 발생의 근원을 우회적으로 암시한다. 두 번째 아이러니는 우스꽝스런 세계에 소속되어 있는 자가 가장하는 거리, 즉 관음증적인 위치를 통해 만들어지기도 한다. 물론 주체가 세계로부터 가지는 거리는 비평적인 것이다.

하지만 세계에서 발을 빼려 하면서도 엉거주춤 그것에 붙잡혀 있는 자는 이미 그 자신이 자가당착적인 아이러니에 빠져 있는 것이라 할 수 있다. 이 모순적인 태도는 주종환의 시작 태도에서 다시 한번 확인된다. 랭보 식으로 말하자면 현대판 '견자'이기도 한 시인은, 시라는 것을 깔아뭉개는 "독자분들을 모셔오기" 위해, "일류 시인이 되는 길을 한참 미루고/슈퍼모델들의 정치적 각선미에 수작을 부리는/삼류 시인의 길을 택"하기로 작정한다. 철학적인 명상이 웃음거리가 된 시대에는, 군중들의 구미에 의도적으로 영합하는 삼류 시인만이 있을 뿐이다. (하지만 여기에는 영악한 복선이 존재한다. 그의 시에는 이 속물적인 삶에 대한 철학적 성찰을 유보적으로 감춰두고 있는 많은 삽화들이 있다.) 이 현대의 시니시스트는, 이성과 윤리가 아니라 추잡한 욕망의 풍속만이 존재하는 세계에서, 스스로 "관음증의 시민성"(「어느 도시 거주자의 몰락」)을 가지기로 작정한다. 그래서 주종환은 스스로를 '시인(視人)'이라 주장한다. 시인(視人)은 이 세계의 모순과 위선들을, 보이는 대로 아니 닥치는 대로 써갈긴다. 그래서 그의 시는 너무나 장황하고 산만해진다. 반복되고 또 반복되는 이 다변성의 구조는, 코미디의 가상 일빈적인 내러티브다. 무언가 짜부라져 있는 듯한 형식, 탈고가 덜 된 듯한 산만한 말부림은 어쩌면 시인의 전략적인 글쓰기의 산물일까? 실패한 말하기는 오히려 진실을 더욱 정확히 까발릴 수 있다. 그것은 바로 이 일그러진 세계의 적나라한 알레고리일 수 있기 때문이다.

주종환의 시는 자본주의 시대의 신랄하고 공격적인 비판서이다. 이 시대의 견자는 언더그라운드에 있다. 컴컴한 도시의 귀퉁이에서, 권력과 부의 신화를 희화하는 자. 한바탕의 난장판을 예고하는 자의 눈은 예리하게 빛난다. 그러나 지금 시인은 두 세계에 있다. 저 화려한 마술의 도시와 음습한 밀실에 양다리를 걸치고 있다. 그래서 시인은 사뭇 기이한 체위를 가진다. 주종환에게 있어 시란 "아무런 체위도 갖지 못한 어정쩡한 욕정 같은,/더럽혀진 허공을 향해/나의 입을 쩍 벌어지게 하는"(「무언가」) '무언가'이다. 그 무언가를 탐지해보자. 마피아의 눈으로.

2. 도시의 생리학, 그 신파의 세계

주종환의 시는 독자들에게 띄운 도시의 여행책자다. 시 속으로 들어서면 독자는 온갖 네온들이 휘번득이는 "붉은 요정들의 숲"(「아현동 블루스」), "세상의 모든 중생들을/열광적인 TV 신도로 만드는"(「어느 도시 거주자의 몰락」) 자본주의적 도시로 유혹된다. 그곳에는 "생산과 탕진의 악순환"(「어느 도시 거주자의 몰락」)하며 만들어낸 신기루들이 있다. "달이 뜨는 대신 대형 멀티비전이 밤하늘에 뜨고/먼산 석양 노을 대신에 아파트 단지 불빛들이 시야에 차"(「세종로에서 아현동까지」)오르는 혼음 난교의 도시. 도시에는 날마다 거대한 TV가 사악한 낙원을 비쳐내고 있다. 이제 욕망은 군화와 완장을 찬 파시스트들에 의해 억압되는 것이 아니라 탤런트와 가수들의 얼굴로 교묘하게 수정되고 변형되어 나타난다. 욕망의 시선은 인공감미료 같은 스크린 속에서, 형태와 구조를 바꾸면서 나타나는 이미지들 위에서 잘려지고 미끄러진다. 날마다 "욕망을 검색하고 재정돈하며"(「어느 도시 거주자의 몰락」), 놀랄 만큼 현란하게 다듬어놓는 세계, 현실의 표면 위에 끝없이 점멸하는 마술의 수사학은 끊임없이 허위의 욕망을 양산하고 그것을 소멸시켜간다. 시인은 도시의 욕망의 배관들을 꼬불꼬불 탐사하며 도시의 풍속도를 펼쳐 보여준다.

어김없이 생선 굽는 냄새가 진동했고, 정체를 알 수 없는

젊은 과부댁의 자지러지는 웃음소리가 들려왔으며,
그 동네 남정네들은 집과 처자식을 팽개치고
그 공터 주위를 하릴없이 배회하는 일이 잦았다.
매일 밤, 포장마차 안에서 얼씬거리는 몇몇 그림자들이
그 동네의 밤을 아주 싼 값에 사버리는 것이었다.
그 포장마차는 하루가 다르게 매상고가 치솟았고
포장마차 주인은 값비싼 가요방 기계까지 사들여놓고는
그 동네 딸아이들을 모집해서 술시중을 들게 했다.
변성기에 접어든 남자 아이들이 그 집에서 흘러나오는
유행가를 따라 불렀고, 잘 따라 부르기 위해 술을 배웠다.
그때부터 그 마을에는,
낮보다 밤이 더 환한 이상기후가 휩쓸었고
잠들지 못하는 욕망들이 사라진 개떼를 뒤쫓고 있었다.
어느덧 세월이 흐른 뒤에, 그 포장마차 주인은
그 공터 위에 고급 레스토랑과 카지노 따위를 차렸고
그 동네 상권을 장악한 유지가 되었다.
동네 사람들의 입에서 입으로,
국회의원 선거에 당선되었다는 재미난 소문까지 떠돌았다
—「공터」 중에서

"매상고가 치솟"는 "포장마차 주인"은 급기야, "고급 레스토랑과 카지노 따위를 차렸고" "국회의원 선거에 당선"됨으로써, 부와 권력이라는 지극히 상식적인 자본주의적 신화 속의 영웅이 된다. 하지만 이러한 신화의 뒷면에는, 아르바이

트생인지 여종업원인지 모를 "동네 딸아이들", 수컷의 성욕을 과시하는 "동네 남정네들", 머리에 피도 안 마른 아이들이 재빨리 습득하는 자본주의의 논리가 가동되고 있는 것이다. 다시 말해 시인은 성공이라는 신성한 이념 속에 왜곡되고 있는 것들, 자본주의라는 틀 속에 공존하고 있는 필요악에 초점을 맞추는 것이다. 그러나 겉으로는 끝내주는 세계, "도심 속의 아방궁"(「아현동 블루스」)엔 믿기지 않을 정도로 자족적인 섹스의 낙원까지도 건설되어 있다. 자본주의는 욕망의 맹수들을 길들이는 마술사인 것이다. 미끼를 던져 갈 길을 유도하고, 그대로 따라가기만 하면 별탈이 없는 사회, 끊임없이 환락을 선사하고 욕망을 도발하는, 거부감 없는 세계. 우리는 이 도시 속에 순환되는 논리들을 쉽사리 상상할 수 있다. 그러나 도시가 선사하는 욕망은 결코 완전히 충족될 수 없는 결핍의 욕망이다. 그것은 질시와 선망과 소유욕으로 끝없이 자리바꿈할 뿐이다. "더이상 생식의 피안을 설계할 수 없는,/영원한 표류자들"(「도시의 神話」), 탐욕스런 난봉꾼들, "소심증 환자, 깁쟁이, 허풍선이, 지독한 방귀쟁이들"(「더러운 실내」)은 이 거대한 도시의 지휘를 받으면서 이전투구같이 삶의 각개전투를 벌여나간다. 부와 권력을 꿈꾸면서 자본주의의 신화 속에 익사해가는 얼굴, 시인은 그들에게서 피냄새를 맡는다. 도시의 '영웅'으로 떠오르기 위해, "이 타락한 원탁의 기사들은 오직 자신만을 위해 이 도시와 싸우고, 이 도시를 저마다의 투쟁 깃발 속에 도구화한다"(「도시의 神話」).

모든 것은 욕망을 충족하기 위한 도구이며, 물질이며, 추악한 거래이다. 도시에 넘치는 이미지들, 기호들은 자본주의의 마술 같은 상품이라는 보석을 만들어낸다. 거기서 시인은 스스로 보석들의 "감정사"가 되기로 작정한다.

다이아몬드에도 품질이 수십 등급이고
韓牛 고기에도 부위별로,
매춘에도 나이별로 가격이 천차만별이니
양질과 저질의 경계가 포장을 사이에 두고
신용과 불신의 눈빛이 옷차림을 사이에 두고
모든 가치 기준이 희소성을 중심으로 돌아가니
가장 흔해빠진 인간이 가장 값싸게,
덤핑으로 거래되는 것이 시장 경제 원리
자본주의가 상품화할 수 없는 인간의 영혼은
교활한 巫俗人들이 상품화하고
더이상 아무도 눈뜨고 보려 하지 않는
이 편리한 소경의 나라에서,
원조와 원산지와 원액과 원본을 알아볼 수 없는
눈속임의 마술 세계가 온 세상을 가짜로 만들고 있다

상품의 원조는, 아담과 이브가
자신들의 알몸을 가렸던 그 원죄의 잎사귀.

—「보석 감정사」 중에서

자본주의 사회에서 모든 것은 시장 논리에 의해 지배되는 '상품'이다. 그러나 상품이란 무엇인가? 그것은 바로 욕망을 가리는 '나뭇잎 하나'에서 비롯된 것이 아닌가? 그 "눈속임의 마술 세계"에서, 욕망을 '포장'하는 기술은 "시장 경제 원리"에 의해 수많은 등급과 가치들을 만들어낸다. '격조 높은' 도시의 시민들은 언제나 하나의 '치장'을 필요로 한다. 그 치장은 이미지와 기호들을 소비하며 신분상승을 이루어내는 일종의 자본주의적 신화와 긴밀한 관계에 있다. '영혼'의 가치마저 철저히 물신화된 세계에서, 우리를 지배하는 것은 오직 감각적인 페로몬과도 같은 상품의 매력이다. 거리에 또각이는 하이힐의 각도와, 불안하게 깜박이는 눈꺼풀의 색상들, 도시의 어느 공간에서라도 쉽게 발견할 수 있는 유행의 이데올로기들! 이제 주체라는 기의는 사라지고 이미지로 만들어진 기표화된 육체만이 있을 뿐이다. 육체에 새겨지는 바코드들처럼, 깡통, 청바지, 모든 것에 붙여진 브랜드의 딱지들은, 인간의 조각난 정체성의 파편과도 같다. 주체는 이미지로 구축된 기호의 거울 속에 산만하게 반사된다. 하지만 실재를 넘어서는 표면은 일그러진다. 그것은 논리적으로 도착이 아닐 수 없다. 이러한 문화적 도착성은 주체의 섹스 안에서 다시 읽혀질 수 있다. 여자의 분홍빛 팬티를 몽상하는 화자를 보자.

> 벌건 대낮,
> 이웃집 옥상 빨랫줄에 널려 있는

분홍색 팬티 한 장.

그 부재의 알몸을 시위라도 하듯
바람에 나불나불……
어느 열이 많은 속살의 연장인 듯.

그 분홍빛 현기증에,
공기가 들어가는 고무 튜브처럼
슬그머니 팽창하는 아랫도리.

겨우 그 팬티 한 장을 보고
한 묘령의 여인의 추문을 캐내려 애쓰며
삼류 소설 한 편 써낼 수 있는 상상을 펼치는 이.

그것도 모자라.
그 팬티가 불결해지기까지의 전 과정을
조목조목 상상하는 이.

이웃집, 시 쓴다는 총각.

인격 훼손을 감수하고서라도
이 외설의 문학적 전통을 아직까지 고수하는 이.
그 총각 왈,

시는 인격도 품격도 아닙니다
시는 항상 시를 부인하는 모든 대상을 향해
결례를 범하는 것입니다

—「어떤 권태」 중에서

시인은 여기서 욕정의 도착적인 주물화, 즉 패티시즘의 미학을 전시한다. 보들레르가 '권태로운 엉덩이'를 아방가르드적인 자태로 만들었다면, 주종환은 그 요염한 엉덩이가 걸친 "팬티 한 장"을 이 시대의 에로스의 형식으로 희화해낸다. 화자는 "이웃집 옥상 빨랫줄에 널려 있는/분홍색 팬티 한 장"을 보며 "팬티가 불결해지기까지의 전 과정"을 조목조목 몽상한다. 재미있는 것은, 예술적 영감의 원천이 바로 스캔들 같은 것이라는 점이다. "세계는 어차피 밖에서 안을 훔쳐보는 자의 누설된/밀실에 지나지 않는다는 것쯤 벌써 눈치챈 아이"(「더러운 실내」)에게, 세계란 어쩌면 밀실에서 쓰여진 한 편의 도색소설 같은 것이 아니었을까? 시인에 의하자면, 이 세계에는 장구한 '외설의 전통'이라는 것이 있다. 외설은 언제나 권력적 장치들과 연계된 은폐된 선입견의 문제를 파고든다. 외설을 제거하는 것이 윤리의 수호자적 행위라는 논리가 준비되어 있으면서 외설을 자행하는 세계, 언제나 점잖은 도시의 시민들은 짐짓 고상한 프티의 미풍양속을 가장한다. 하지만 그 미풍양속이라는 것의 궁극적인 본질은 무엇인가. 근본으로 파고들어가보면, 그것은 윤리라는 말들로 치장되어 있는 관습일 수밖에 없다. 그 관습의 근거는 물론 인식의 주관성을 합리화하고 보편화하는 자기 중심적 권력에 놓여 있는 것이다. 하지만 그 중세적인 위선의 관습을 깨며 근대를 포고했던 데카메론처럼, "외설의 문학적 전통을 아직까지 고수하는" 시인은, 이 이성 없는 세계의 막가는 욕망, 나른한 관능의 가치들을 당당하게 주장한다. 외설적인 욕망은 세계 속에 구조화한 욕망이 아니라, 구조를 파괴하는 욕망이라는 역설을 내포하고 있다. 하지만 그런 욕망은 불온한 것이다. 시인은 무례하게 말한다. "시는 인격도 품격도 아닙니다/시는 항상 시를 부인하는 모든 대상을 향해/결례를 범하는 것입니다"라고.

하지만 이 세계 속엔 욕망이 논스톱으로 마구 흐른다. 도시 속을 떠도는 신기루는 언제나 시인의 눈빛을 몽롱하게 한다. 시인은 "값비싼 향수 냄새를 풍기며 지나치는 여인들의 육감적인 체위에/매번 홀리"(「세종로에서 아현동까지」)면서 도시의 뒷골목을 어슬렁댄다. 혹은 "술집 여자들 밤늦게 하이힐을 끌며 귀가하는 소리"(「도시의 요람」)를 들으면서 환락의 요람을 상상한다. 기계적인 문명의 "차가운 보석 같은 눈"을 가진 보들레르의 여인들은 도시의 쓸모없는 별들처럼 도시를 밝히고 있다. "매일 밤 귀가길이면 소매를 잡아끄는 분칠한 10대들"(「아현동 블루스」)은, 보들레르의 창부보다 더욱더 요염하게 시야를 가로막는다. 세계라는 몸체를 구축하는 이러한 육체들은 정치적·경제적·문화적 구조와 이중삼중으로 꼬여 있는 이미지들이다. 감춰진 성욕처럼 모든 욕망을 마술적으로 기호화하는 세계, 동물적으로 번식하는 물

신적 기표들은 도시에 낭자하게 떠 흐르고 있다. 이렇게 "죄악의 만찬을 베풀고 용서라는 소화제를 내미는/두 얼굴의 父性"(「전날에 과음을 하고 난 다음날이면」), 구원도 은혜도 자비도 없이 모든 것을 탕진시켜가는 두 얼굴의 자본주의는, "빠져나갈 수 없는 미궁 속에서 발광하는"(「가망 없는 심장병」) 자들을 양산해낸다. 이제 미로화된 세계를 파괴함으로써 억압적인 일상의 지배이데올로기를 해체할 수 있다는 믿음은 순진한 환상일 뿐이다. 개같은 삶의 쳇바퀴를 돌면서, "불행 중 다행이야말로,/우리네 인생의 유일한 이정표"(「시민 √K」)로 삼는 시민들은 자신의 위치를 결코 벗어나지 못한다. 그들은 "노동과 춤 사이, 사물과 관능 사이,/벽과 비상구 사이, 육체와 그림자 사이"(「멸종의 시간」)에 끼여, 부와 계급과 권력의 먹이사슬의 고리들을 형성한다. 그러나 그들에겐 언제나 사탕발림 같은 환락이 선사된다. "어머니의 환한 젖가슴으로부터 방사된/따뜻하고도 둥근 불안의 나라"(「幼年, 상처의 시작」)를 배회하며, 시인 또한 "순애야, 금순아, 홍도야, 영자야, 다들 어디 있느냐"(「아현동 블루스」)고 울부짖는다. 아, 이 코믹한 X 등급의 세계라니!

하지만 이러한 망상적인 세계에 "간덩이 부은" 시인이 있으니…….

어두컴컴한 골목 어귀,
복면도 안 쓰고 담을 넘는 한 사내.

(……)

그가 넘어간 담벼락이
바로 내가 넘어온 그 담벼락이다.

도둑한테 그러는지,
나한테 그러는지
잠도 없는 개 한 마리 짖어쌓는다.

오늘도 무사한 이 담벼락에
저 간덩이 부은 개와 오줌 싸고 싶다

—「詩人과 도둑」 중에서

여기서 "복면도 안 쓰고 담을 넘는" "도둑"은 글쓰기 혹은 욕망의 말하기에 대한 하나의 확장된 은유를 이루고 있다. 우리가 눈여겨보아야만 하는 것은 이러한 담 넘기가 단순히 도둑질에 그치는 것이 아니라, 보다 본질적으로, '글쓰기'의 알레고리가 된다는 점이다. 하지만 시인은 자신의 불온한 글쓰기에 '찔림'을 느낀다. "저 간덩이 부은 개"가 왈왈 짖어대고 있기 때문이다. 그러나 그는 "담과 담 사이를 제맘대로 건너다니는/도둑고양이가 되고 싶다"(「멸종의 시간」). 혹은 간덩이가 부어서, "오늘도 무사한 이 담벼락에" "오줌 싸고 싶다". 어차피 개같은 삶, 어차피 더티한 곳, 오줌을 싸갈긴들 누가 무어라 하랴. 하지만 시인은 결코 그렇게 하지 못한다. 소심한 협심증자들의 세계에선 아무도 그렇게 하지 못한다. 견고하게 일상의 질서를 구축하면서 인간의 삶을 거대한 메커니즘에 부속시켜가는 세계에서, 시민들은 "성냥갑 속의 성냥알"들처럼 "제 화력도 모르고 뉘 집 이쑤시개로 팔려"가며 "으랏차차" 힘겹게 살아간다. 영화 용감한 '시민 K'(「시민 √K」)를 패러디한 것이라 볼 수 있는 이 소시민들은, 그러나 영화 속의 인물과는 정반대의 위치에 놓여 있다. 그들은 생존이라는 허울하에 야비한 삶을 합리화하며, 자신의 옹색한 위치를 결코 벗어나지 않는다. 그러나 감히(!) 이 도시에 "지존"이라 칭하는 자가 있다.

> (……) 지존파들을 손가락 하나 까딱하는 것으로 처치해버린 진짜 지존은 누구인가. 이 세상이 바로 그 보이지 않는 지존을 모시고 있는 거대한, 합법적인 갱 단체가 아닌가. 우리는 바로, 그들에 의해 지문과 물증과 법의 기호로써 처리되고, 작용하는 추상명사들이 아닌가. (……) 마유미를 정치적으로 개종시켰던 것과는 달리, 그들을 윤리적으로 개종시키기를 거부한 절대 권력의 손빠른 계산이 숨어 있었다니! (……) 우리는 정부라는 단체를 고용해 지존파를 청부살인한 것이다. (……) 어디 하나 그 人肉의 연기가 배어 있지 않은 곳이 없다. 우리는 과연, 우리들의 일그러진 지존과 함께 무사안녕해도 되는가. TV를 끄고 돌아앉으면 돌아앉은 세상도 함께 꺼지는가.
>
> —「지존무상 완결편」 중에서

지존파의 엽기적인 자존심은, "진짜 지존" 앞에서 여지없이 허물어진다. 이 세상이 모시고 있는 진짜 지존은 손가락 하나로 지존을 제거하는 막강한 위력을 발휘하고 있다. 이름하야, 정치적 · 윤리적 합법성을 등에 업은 "절대 권력"이다. 그러나 법이란 것이 질서의 전복을 봉쇄하는 권력의 전략이라면, 그것은 결코 중립적인 것이 아니다. 오히려 그 반대다. 법이란 결국 이데올로기로 채워져 있는, 이데올로기가 형성되고 만들어지는 장이 아닐 수 없다. 때문에 우리는 그것이 출현하는 위치와 조건들에 대해 물어야 하는 것이다. 그러나 그것이 의미의 초월적 기의로서 행세하고자 할 때 그것은 오직 이데올로기적인 기호밖에 될 수 없는 것이며, 그 존재의 질서를 파괴하고 위협하는 것에 대한 공포와 금기는 곧바로 억압되어야 할 타자들에 대한 희생의식으로 이어진다. 위의 시를 통해 보면 지존파 사건은 범죄라는 것보다 더 깊은 주제이다. 이 엽기적인 지존파를 처단한 질서로운 사회는, 민주시민이라는 정의의 허울을 쓴 "청부살인"자의 테러집단에 다름아니다. 어쩌면 지존파는 권력의 자취와 윤곽을 각인하고 있는 대중 속의 타자가 아니었을까? 물론 모든 국민은 풍속의 주권자이므로 그들을 대리하는 법이 살인자를 처단하는 것은 그야말로 완전한 합리주의이다. 하지만 그 법을 논리적 무기로 삼고, 아무런 모순도 불법도 없이, 권력을 독점하고 총체화시키는 전체주의적 세력이 있는 것이다.

적자생존의 다위니즘적 세계에서 언제나 논리와 힘은 엉켜 있는 것이다. 힘의 법칙이 윤리의 궁극적인 전제라면, 과연 누가 정의로운 치안판사가 될 수 있다는 말인가? 우리를 지배하는 것은 마키아벨리의 가르침에 충실한 "진짜 지존"들의 기만과 악덕인 것이다. 진실로 문제가 되는 것은, 타자를 응징하며 처벌되어야 할 타자를 만들어내고 있는 욕망과 권력의 비밀스런 조약일 것이다. 시인은 민주와 자유 같은 근대의 고매한 복음 뒤에 존재하는 이 권력의 부조리를 여지없이 까발린다. 한마디로 말해 그것은 "무시무시한 유아성을 완전히 탈피"했다고 주장하는 "유치원 민주주의"(「유치원 민주의의」) 같은 것이다. 이러한 시각은 이 땅을 온통 욕망의 쓰레기 매립지로 만들고 있는 민주주의에의 반감과 직결되며(「서민층」「그 人間」「유치원 민주주의」), 적자생존적인 자본주의 경제논리에의 탄핵으로 나타나기도 하고(「백화점 왕국」「반도일보」), "의식 없는" 세대가 지배했던 이 땅에 대한 분노(「의자」)와 결부되기도 한다.

경악하리만치 잔학했던 지존파의 범죄는, 끝없이 욕망을 도발하며 욕망을 응징하는 이 세계의 이중메커니즘과 다른 문제가 아니다. "자본주의는 모든 죄악을 공범으로 만든다"(「백화점 왕국」). 자본주의 사회에선 야수적, 생물학적, 욕망의 법칙만이 도시의 시민들을 지배하는 자연법이다. 그들은 "사나운 맹수처럼 이 도시 저 도시를 엽기적으로 휘젓고 다닌다" "지금 사람들의 핏발선 욕망, 막다른 골목으로 내몰린 적의는/가히 유사 以前이다"(「반도일보」). 그러나 모든 문제는 은폐되어 있다. 문제는 언제나 징후로 나타날 뿐이다. 도시에 흥건히 넘쳐흐르는 알코올과 정액과 고성방가들, 그것은 이 도시의 일부이며 전부인 것이다. 웃음과 울음이 같이 하는 세계, 울어야 할지 웃어야 할지 모르는 세계, 그곳에서의 글쓰기란 일종의 오르가슴적인 신파적 욕망의 충족이 아닐까? 주종환에게 있어 문학이란, 이 더러운 세계에서 살아가는 자의 자기 모순적 욕망, 혹은 그 모순적 삶을 아이러니컬하게 응시하는 자의 박제된 꿈이다. "거실 내벽에 / 압핀으로 붙여놓은 星圖"(「더러운 실내」)처럼 심드렁한 꿈 말이다. 이 추악한 도시의 생리학을 용납할 수 없으면서 결국은 그러한 삶을 살아가는 자기 모순적 운명이야말로, 자신을 "몰락한 자"로 바라보게 되는 하나의 이유가 되기도 한다. 하지만 몰락은 모방되고 입력된 경험들을 지우며, 자신의 추악함을 반성하지 않는 이성, 이성의 허울을 쓴 욕망의 화력 앞에 널브러져가는 세계에 저항한다. 몰락해가는 시인은 몰락하지 않기 위해 생떼를 쓴다. "나도 이제, 나의 절망이 소용 닿는 회사로 출근하고 싶다"(「이른 새벽」)고. 그러나 그런 회사는 없다. 시인에게 쉽게 열려지지 않는 세계, 그 불화의 세계에 발붙이고 있는 아웃사이더는 차라리 비극적으로 보이기까지 한다.

오늘도 이 도시에는 "섬뜩한 殺意를 실은 바람"(「부적」)이 불어온다. "깊은 꿈속의 도랑에 빠진 사지들, 실체가 없는 / 무상한 형상들을 순식간에 난자"(「부적」)하는 세력들이 횡포를 부리고 있다. 저격하지 않는 자에게는 몰락이 있을 뿐이다. "獨存의 호신술"(「어느 도시 거주자의 몰락」)은 방어가 아니라 공격인 것이다. 어느 도시 거주자는 꿈을 꾼다. 갑자기 소시민이 사라지고 차가운 비웃음을 흘리는 냉혈한이 되는 꿈을. 그의 손에는 시라는 라이플총이 들려져 있다. 마피아는 안다. 시인을 멸시하고 깔아뭉개는 이 도시의 "잠재된 광기는 또 하나의 미쳐 돌아가는 밤의 공화국을 완성하리라" (「TV 인간」)는 것을. 마피아는 자신이 무엇을 저격해야 할지를 안다. 그러나 그 임무가 얼마나 위험한 것인가도 분명히 안다. 그의 행동법칙은 법이나 도덕률이 아니라, 원초적인 "복수심"이다. 복수심에 이글대는 눈빛으로 그는 이 세계를 저격한다. 그것은 바로 미화된 추악함들, 응징된 진실들에 대한 이중의 구형이다. 그러나 총알은 제대로 조준점을 맞추지 못한다. 아아, 이것은 코미디가 아닌가? 난사한 총탄의 흔적처럼 보이기도 하는 이 어지러운 말부림들. 위기에서 웃어버릴 수 있는 것은 바로 블랙유머다. 하지만 그 웃음은 울음일 수 있다. 긴즈버그가 갈파했듯 문학은 어차피 울부짖음 아닌가.

어느 도시 거주자의 몰락
초판인쇄 · 1997년 6월 10일
초판발행 · 1997년 6월 16일
지은이 · 주종환 / 펴낸이 · 강병선
펴낸곳 · 도서출판 문학동네
주소 · 110-521 서울시 종로구 명륜동 1가 31-9
출판등록 · 1993년 10월 22일 제22-188호
전화번호 · 765-6510~2, 743-2036 / 팩스 · 743-2037

값 4,000원

ISBN 89-8281-062-5 02810